O ROUBO *do* PUNHAL
SAGRADO
AMÂNCIO LEÃO

O ROUBO *do* PUNHAL SAGRADO

AMÂNCIO LEÃO

Copyright © 2009 *by* Amâncio Leão
Copyright © 2010 desta edição *by* Escrita Fina Edições

Grafia atualizada segundo o Acordo Ortográfico
da Língua Portuguesa de 1990,
em vigor no Brasil desde 1º de janeiro de 2009.

Todos os direitos reservados e protegidos
pela Lei 9.610, de 19 de fevereiro de 1998.
É proibida a reprodução total ou parcial
sem a expressa anuência da editora.

Coordenação editorial: LAURA VAN BOEKEL CHEOLA
Projeto gráfico e diagramação de miolo: JOHN LEE MURRAY
Design de capa: RETINA78.COM.BR
Revisão: CRISTINA DA COSTA PEREIRA

ESCRITA FINA EDIÇÕES
[marca da MR Bens Editora e Gráfica Ltda.]
Av. Almirante Barroso, 22 | sala 806
Rio de Janeiro, RJ | CEP 21330-810
Tel. 21 2524-5006
Impresso no Brasil/*Printed in Brazil*

CIP-BRASIL. CATALOGAÇÃO-NA-FONTE
SINDICATO NACIONAL DOS EDITORES DE LIVROS, RJ

L476r   Leão, Amâncio, 1951-
         O roubo do punhal sagrado/Amâncio Leão. - 1ª edição.
         - Rio de Janeiro: Escrita Fina, 2010. 96p.

         ISBN 978-85-63248-05-3

         1. Ficção policial infantojuvenil. 2. Literatura infantojuvenil
         brasileira. I. Título.

09-6504.   CDD: 028.5   CDU: 087.5

Para Hélio do Soveral,
criador do Teatro de Mistério.

CAPÍTULO 1

Não se viam muitas luzes àquela hora no imponente casarão no bairro do Jardim Botânico. Junto ao portão de entrada, protegido por uma guarita, um homem observava o escasso movimento da rua. Era alto, forte, de cabelo cortado rente e vestia-se formalmente, usando paletó e gravata. Causaria estranheza a quem o visse o fato de, apesar de já passar das duas da manhã, estar usando óculos escuros. A vantagem dos óculos, além de dar um certo charme de agente secreto de filme americano, era a de permitir uma cochilada de vez em quando sem que ninguém percebesse.

Se alguém contornasse a casa, dando a volta pelo jardim, veria um segundo homem, vestido exatamente como o primeiro, montando guarda junto à porta dos fundos. Dentro da casa, um terceiro homem, com roupa idêntica, estava sentado diante de vários monitores. Se não fosse a diferença na cor dos cabelos e da pele, os guardas poderiam passar por irmãos gêmeos.

Cada um dos monitores mostrava quatro imagens simultaneamente. Dali, ele poderia acompanhar tudo o que as câmeras, estrategicamente distribuídas, transmitiam. Poderia. Mas não era o que estava fazendo naquele momento. Nos últimos cinco minutos, estivera muito ocupado, olhando o poster central de uma revista masculina. Quem iria ser louco de tentar entrar numa casa com tanta segurança? Certamente ninguém.

Assim, nenhum deles percebeu quando alguém saltou por sobre o muro lateral, evitando com agilidade as agudas pontas de ferro.

A figura esquivava-se por entre as sombras e parecia conhecer a posição de cada câmera. Rapidamente chegou a uma das amplas janelas e tirou da mochila, presa à frente do corpo, negra como o resto da roupa, um instrumento semelhante a um compasso. Numa das extremidades havia uma ventosa de borracha. Na outra, uma ponta de diamante. Prendeu a ventosa na vidraça, girou a outra haste e, em poucos segundos, retirou, sem barulho, um pedaço circular do vidro, que depositou cuidadosamente no chão. Enfiou o braço pela abertura e abriu as trancas. Saltou com rapidez para dentro. A máscara de esquiador deixava à mostra apenas os olhos, os quais examinaram num relance todo o aposento. Movendo-se como um gato, o invasor seguiu pelo corredor, parando diante de uma porta fechada. Sacou um aparelho, uma caixa pequena com um mostrador semicircular. Acompanhando a direção do ponteiro, localizou na parede um pequeno retângulo perfeitamente dissimulado, por ser da mesma cor da pintura. Forçando a tampa com uma lâmina, pôs à mostra um emaranhado de fios, dos quais escolheu dois para cortar com um alicate. Imediatamente a luz vermelha no canto da sala, que indicava que o alarme estava ligado, apagou-se.

Em seu quarto, o milionário Rodolfo de Freitas pensou ter ouvido algum ruído no andar de baixo. Ergueu meio corpo, apoiando-se no colchão e ficou atento por alguns segundos. Qual, devia ter sido só impressão. Ou talvez fosse a arrumadeira com algum problema de insônia. Ou com aquela pontinha de fome que aparece de madrugada. Ela era uma incorrigível "assaltante de geladeira". E, cada dia mais arredondada, se queixava: "Não sei como não consigo emagrecer. Eu como tão pouco..."

Na sala de baixo, o invasor desprezou os valiosos quadros nas paredes, retirando apenas um deles, atrás do qual havia um cofre. Sabia exatamente o que estava procurando. Com o auxílio

O ROUBO DO PUNHAL SAGRADO

de mais um sofisticado aparelho do seu arsenal, uma espécie de estetoscópio supersensível, o cofre foi aberto sem dificuldade. No seu interior, sobre uma almofada de veludo, havia um punhal de aparência muito antiga. A lâmina, de mais ou menos trinta centímetros e cheia de irregularidades, parecia carcomida pelo tempo. No cabo, no entanto, brilhava uma dúzia de diamantes perfeitos. Tomando-o em suas mãos, o desconhecido examinou-o com atenção.

A sensação de ter ouvido barulho novamente fez com que Rodolfo resolvesse dar uma olhada no andar de baixo. Ficaria mais tranquilo depois que verificasse pessoalmente que não havia motivo para preocupação. Vestiu o robe e desceu as escadas devagar.

O ladrão havia acabado de colocar o punhal na mochila quando foi surpreendido pela voz do dono da casa. Ao perceber o cofre aberto, Rodolfo deu um grito:

– Não! O punhal não!

Saltou em direção ao invasor com agilidade inesperada para um homem de mais de sessenta anos. Com um movimento brusco, arrancou-lhe a máscara. Apanhado de surpresa, o ladrão se desvencilhou com um violento empurrão. As pernas do milionário esbarraram na mesa baixa no centro da sala. Perdendo o equilíbrio, caiu sobre a mesa, espatifando o tampo de vidro e batendo com a cabeça no piso.

Ouvindo o barulho, os seguranças correram ao local, já de armas na mão. No entanto, quem lá chegou primeiro foi mesmo a arrumadeira que realmente tivera a ideia de um lanchinho noturno. Correu da cozinha para a sala com um enorme (e variado) sanduíche na mão e pôde ver ainda a negra silhueta escapando pela janela. Ao perceber o patrão caído no chão, um filete de sangue escorrendo-lhe da testa, deu um grito longo e agudo. Pior só se tivesse visto um rato. Começou a tremer e a apontar o corpo no tapete, sem conseguir se mover ou articular qualquer palavra. O sanduíche caiu da sua mão, espalhando queijo, presunto, salaminho, cogumelo, bacon, maionese e ketchup pelo chão. Os seguranças, percebendo a janela aberta, saíram ao jardim empunhando suas armas. Ao verem a sombra saltando o muro em direção à rua lateral, ainda arriscaram alguns disparos. Inutilmente. Em segundos, o barulho do motor do carro saindo em disparada deixava bem claro que já era tarde demais.

CAPÍTULO 2

A turma vinha pela calçada batendo papo animadamente após a saída do colégio. Caio era o mais jovem e o mais gordinho dos quatro, e quem os visse poderia pensar que era o mais comilão do grupo. Engano: o campeão na modalidade era o Bruno, magrinho e de óculos. O que vem a comprovar que as aparências realmente enganam. O dia tinha uma temperatura agradável e o vento fazia esvoaçar o cabelo louro de Diana, que, com o braço em torno da cintura de André, trocava com ele olhares apaixonados.

Passaram pela praça, onde algumas crianças brincavam aos gritos, sob os olhares de babás e mamães. Aposentados liam vagarosamente seus jornais. Uma cigana, ainda jovem, acompanhava com o indicador as linhas da mão de uma senhora que a ouvia muito atenta.

– A gente vai dar um tempo aqui – disse André, segurando a mão de Diana.

– Pois eu vou direto pra casa, cara. Tô verde de fome – Bruno apalpou a barriga.

– Eu vou junto.

– Qual é, Caio? Lá em casa não é restaurante, não – fingiu protestar Bruno.

– Ô mané, eu vou junto contigo até o ponto do ônibus. De lá cada um segue seu rumo, fominha. Vamos deixar os dois pombinhos sozinhos.

– Acho é bom! – Diana fez um gesto, como se enxotasse os dois amigos. – Já vão, já foram, estão esperando o quê?

– Aí, a gente sabe quando está sobrando. – Caio inclinou a cabeça e passou a mão pelo cabelo marrom-avermelhado, cortado bem curto. – Até mais!

Afastaram-se, rindo.

– Esses dois agora só vivem grudados. Impressionante! – comentou Bruno, apontando para trás com o polegar.

Diana e André procuraram um banco vazio. Sentaram e olharam-se como se não existisse mais ninguém em volta. André aproximou lentamente o rosto do dela. Certamente teriam se beijado se não fossem interrompidos por uma voz:

– Quer que leia sua mão? – perguntou a cigana que tinham visto ao chegar.

– Não, obrigado – respondeu André, um tanto contrariado. – Você pode acabar lendo a cola da prova...

– Ah, André, deixa de ser chato! Pode ser interessante! – protestou Diana. O seu humor estava alguns pontos acima do dele.

– Você acha que vou acreditar num negócio desses?

– Que insensível! Você não acredita em nada mesmo!

– E a menina? Gostaria que eu lesse a sua mão? – perguntou a cigana, com a voz calma, sem se importar com o ceticismo do garoto.

– Taí, gostaria, sim. Nem que seja só pra incomodar este descrente!

A cigana tomou-lhe a mão, percorreu as linhas com o dedo.

– Você está num momento muito bom, com alguém que gosta muito de você.

– Ai, que lindo – suspirou Diana.

– Grande vantagem – André resmungou. – Comigo aqui é fácil dizer isso. Queria ver se eu não estivesse aqui.

– Ô, esperto! Tá pegando a doença dos seus amigos, é? – comentou a menina. – Se você não estivesse aqui, como é que ia poder ver alguma coisa?

De repente, a cigana franziu as sobrancelhas. A fisionomia fechou-se, como se tivesse visto algo muito grave.

– Nem tudo é felicidade. Vejo aqui que você vai passar, em breve, por um grande perigo!

– Perigo? Que tipo de perigo? – perguntou Diana, sobressaltada.

– Isso eu não posso dizer! Não posso! Mas é um grande, enorme perigo! – Parecia verdadeiramente assustada. Largou a mão da menina e afastou-se correndo.

– Ei, espere! Eu preciso saber!

Mas a moça não deu resposta. Atravessou a rua sem sequer olhar para trás. Dobrou a esquina e desapareceu.

– Que estranho! – comentou Diana. – Nem quis pagamento.

– Pagamento por quê? Por ficar por aí, iludindo os outros? Ou, como no seu caso, assustando...

– Você não leva nada mesmo a sério, hein? Pois eu fiquei assustada, sim, e daí?

– Não falei?

– Em vez de ficar aí debochando, bem que podia se oferecer para me levar até em casa. Sei lá o que pode acontecer daqui até lá!

– Pois considere-me oferecido. O bravo cavaleiro está ao seu dispor, formosa donzela!

– Oi, seu Bené!

– Oi, crianças. A dona Ângela ainda não chegou. – O porteiro olhou para eles com jeito sonolento. Tinha sempre aquela aparência, a qualquer hora do dia ou da noite.

– Daqui a pouquinho a mamãe chega. Ela avisou que vai almoçar em casa hoje. – Diana tranquilizou o velho nordestino.

Subiram conversando no elevador.

– Ela tem andado preocupada também. Espero que não tenha topado com uma cigana na sua frente.

– Preocupada com o quê? – perguntou André.

– Ah, com o namorado dela.

– O tal francês?

– O tal francês tem nome. Chama-se Jean Pierre e acho até que é um cara legal. Se bem que é meio esquisito mesmo. Às vezes toma um chá de sumiço, passa vários dias sem dar notícias, não atende telefone, desaparece mesmo. Depois chega sem avisar, com a cara mais deslavada do mundo, trazendo presentinho e tal.

– Sei...

– E explicação que é bom, neca. Disfarça, fica de brincadeira, até mamãe desistir. Às vezes diz que viajou a trabalho, coisa de urgência, não deu tempo de avisar...

O elevador parou no andar. Diana procurou a chave na mochila.

– E ele faz o quê? – perguntou André.

– Ah, parece que é representante de uma firma estrangeira aí, sei lá.

Mal entraram, André, sem a menor cerimônia, foi direto até a geladeira.

– Aproveita que já abriu, enxerido, e tira umas coisas pra pôr no micro-onda. É melhor deixar tudo pronto, porque você sabe como é dona Ângela: vai entrar, almoçar e sair de novo, antes que a gente tenha tempo de dizer abracadabra – comandou Diana.

– Puxa, mas me orienta aqui, senão me enrolo todo. Sei lá o que vocês vão querer...

– Não inventa desculpa, não. Você já é enrolado pela própria natureza.

A menina voltou à sala, resolveu ouvir os recados da secretária eletrônica.

– Ângela? É a mamãe. Onde é que vocês andam? Ninguém telefona mais, ninguém me procura... – disse uma voz conhecida. – Nunca acho ninguém quando ligo. E não gosto de ficar conversando com máquina. Às vezes acho que vocês estão aí, ouvindo tudo e não atendem porque não querem. E a Diana, já está namorando? Diz que a vovó mandou um beijo pra netinha do coração dela. Aquela dorzinha que você sabe voltou a incomodar esta noite. Vou trocar de médico, que aquele não serve pra nada. Seu pai também tá mandando um beijo. Vê se dá notícias, minha filha. Se bem que a gente depois que fica velha pode morrer, que ninguém liga mesmo!

– É a minha avó – explicou Diana.

– Puxa, que susto! Pensei que fosse a minha! – zombou André. – A conversa é tão parecida...

Em seguida, entrou outra voz. O excesso de *rr* e a pronúncia que transformava quase todas as palavras em oxítonas denunciavam de quem se tratava.

– Ângela? *Querrida*? Não posso falar muito. Estou encrencado. Muito encrencado mesmo. – Os dois ficaram parados, atentos às palavras de Jean Pierre. – Não dá pra explicar por telefone. Vocês têm *parrentes forra* da cidade, de *preferrência forra* do estado? *Serria* bom que vocês saíssem daí por algum tempo. O mais rápido possível! Assim que puder, explico tudo.

Diana e André olharam um para o outro. O que estava querendo dizer o francês? Em que tipo de encrenca tinha se metido? A urgência e a ansiedade percebidas no tom de voz deixavam claro que ele não estava brincando. Sem que dissessem uma só palavra, os dois lembraram-se do aviso da quiromante. Enquanto buscavam respostas, ouviram a maçaneta da porta se mover.

CAPÍTULO 3

Ângela entrou apressada, jogou a bolsa no sofá, ao lado das mochilas.

— Oi, moçada! Tudo bem? Como foi o dia no colégio? Cadê a mesa que ainda não está posta? Tenho que sair correndo, preciso mostrar uma casa a um cliente. É aquela de Botafogo que eu te falei, lembra, Diana? Acho que hoje me livro daquele elefante branco e... — percebeu alguma coisa diferente no ar. — Que cara é essa, pessoal? Aconteceu alguma coisa?

Sem uma palavra, Diana voltou a fita. Ao ouvir o recado, a mãe caiu sentada no sofá.

— Eu sabia! Estava bom demais pra ser verdade! Bem que eu desconfiei que tinha alguma coisa errada com o Jean. Esquisito daquele jeito, cheio de mistério e segredinho! No mínimo, deve ser mafioso! Ou então é casado e tem uma dúzia de filhos! Eu não dou mesmo sorte!

— Calma, mãe.

— Calma, como? Você ouviu, não ouviu? Ele está fugindo de alguma coisa, seja lá do que for! E pior: quer que a gente fuja também!

— Bem que a cigana falou...

— Que cigana, menina? Agora também tem cigana na história?

Os dois contaram do encontro na praça, da estranha previsão da cigana.

— Bobagem. Esse negócio de cigana é pura bobagem — desprezou Ângela. André começou a se sentir apoiado em sua incredulidade. Chegou a ensaiar um sorriso do tipo "eu-não-falei?". Mas Ângela seguiu em frente: – Pra saber o futuro, nada como tarô. A não ser astrologia, é claro. E runas.

– E o que a gente faz, mãe?

– Primeiro, sem dúvida alguma, vamos almoçar. Depois vou encontrar com o cliente. Vocês, não sei. Não sei se dá pra levar esse recado maluco a sério.

– Melhor eu almoçar em casa, dona Ângela. Senão vou tomar a maior bronca. E nem preciso de quiromancia pra prever isso – ponderou André.

Acabou aceitando o almoço. Ia ser pecado desperdiçar convite tão gentil. A bronca viria como sobremesa. Almoçaram conversando sobre o assunto, preocupados, mas sem conseguir imaginar qual a melhor atitude a tomar.

– Olha, gente, eu vou ter que sair. O cliente está me esperando e não tem nada a ver com os nossos problemas. Por que vocês não vão dar uma voltinha, refrescar a cabeça? Eu acho que isso tudo não passa de uma brincadeira sem graça daquele francês desajuizado. *Kisses*! Tchau! – disse Ângela, já da porta, jogando um beijo.

– E agora? – perguntou Diana.

– Você sabe o endereço do Jean Pierre?

– Bom, eu nunca estive lá. Mas o endereço eu tenho, sim. Tá anotado em algum lugar por aí. Por quê?

– Uma ideia que eu tive.

– Não vai me dizer que está pensando em...

Os dois desceram do ônibus e perguntaram à primeira pessoa que viram onde ficava a tal rua. O bairro era bem diferente de onde moravam. Não tinha prédio altos, no máximo cinco andares, e ainda se viam muitas casas. Em pouco menos de dez minutos chegaram ao endereço do francês.

Tocaram a campainha, mas ninguém veio atender. André enfiou a mão pela grade e puxou o trinco do portão, que abriu sem nenhuma resistência. Aparentemente, a fechadura estava danificada.

– O que você vai fazer? – perguntou Diana.

– Vou dar uma olhada lá dentro.

– Não posso ficar aqui fora esperando sozinha. Vou com você.

Entraram rezando para que não houvesse nenhum cachorro solto no quintal. Alguns jornais estavam espalhados pelo chão, ainda dobrados. Era evidente que fazia já algum tempo que ninguém os recolhia. Caminharam até a porta e bateram. Não houve resposta. Ao olhar pela vidraça, perceberam que lá dentro parecia ter passado um vendaval. Objetos espalhados, gavetas pelo chão, móveis derrubados.

– Por mais desorganizado que ele seja, acho que não chegaria a tanto. Alguém andou procurando alguma coisa na ausência dele – comentou André.

– Que coisa?

– Não dá pra saber. – Torceu a maçaneta da porta. – Olhe só, a fechadura está solta. A porta foi arrombada, do mesmo jeito que o portão! Tem alguma coisa muito estranha por aqui!

– Para com isso! Está me fazendo ficar com medo!

CAPÍTULO 4

Entraram com cuidado para não pisar em nada. Quem quer que tivesse estado ali antes não havia se preocupado com a aparência da casa. Tudo estava fora de lugar. Na cozinha e no quarto, a cena se repetia.

André abaixou-se e apanhou do chão um porta-retratos. O vidro tinha se quebrado. Na foto, Ângela e um homem sorriam tendo ao fundo uma praia. Ambos usavam óculos escuros e devia estar ventando, pois ela segurava o chapéu na cabeça e os cabelos esvoaçavam.

– É ele? – perguntou André.
– É sim.

O menino colocou o porta-retratos sobre a mesa. Diana olhava ansiosamente para os lados.

– É melhor a gente ir embora.
– Também acho – confirmou o menino. – Vamos até a polícia.
– Polícia? Mas...
– A coisa aqui não foi brincadeira. Sei lá o que houve, mas pode ter sido grave. Não se preocupe, primeiro a gente fala com o Caio. Vai dar tudo certo.

Ainda deram uma última olhada nos fundos da casa. Na porta da lavanderia havia uma pilha de jornais. André teve a atenção despertada por uma marca vermelha em um dos exemplares de cima da pilha. Aproximou-se. Alguém havia contornado uma pequena notícia com um hidrocor vermelho. O menino aproximou-se e leu: "Roubado o punhal de Berloch." Era uma matéria sem destaque, falando do roubo de uma relíquia histórica pertencente a um colecionador. Mas se estava assinalada, devia ter alguma importância. Sem saber muito bem por que, André rasgou a folha do jornal, dobrou o pedaço e guardou no bolso da calça. Do canto da casa observaram a rua e esperaram um momento em que não estivesse passando ninguém para poderem sair sem ser vistos.

– É melhor aproveitar agora. Vamos!

Saíram apressados. Mas, assim que chegaram à calçada, passaram a andar em passo normal para não despertar suspeitas.

– André...

– O que foi?

– Você não está com uma sensação estranha? Uma coisa meio... Sabe, assim como se estivesse sendo observado?

– Deve ser impressão.

Afastaram-se do local sem olhar para trás. A alguma distância, em um carro parado numa rua mais elevada, um homem muito alto acompanhava todos os seus passos através das lentes de um binóculo.

– Alô, Caio? É o André. Escuta, a gente precisa se encontrar. Urgência urgentíssima. Dá pra baixar o som? É, precisamos conversar com a sua mãe. A gente se encontra lá. Lá onde? No trabalho dela, é claro. Daqui a meia hora – desligou o celular.

– E então? – perguntou Diana.

– Ele topou. Vamos andando.

No horário combinado reuniram-se em frente à delegacia. Caio e Bruno chegaram afobados, ainda sem saber do que se tratava. Ficaram boquiabertos quando ouviram.

– Pra mim ele foi sequestrado – disse Caio.

– Ou pior – completou Bruno. – Impressionante!

O ROUBO DO PUNHAL SAGRADO

Todos concordaram que era preciso avisar à mãe de Diana para que ela também fosse encontrá-los. A menina ligou para Ângela e tentou com toda delicadeza possível suavizar o impacto do telefonema. Afinal, tinham ido à casa de Jean Pierre sem avisar, entrado lá, mesmo sabendo que podia ser perigoso e, ainda por cima, a casa tinha sido invadida e o francês tinha desaparecido. Quem estava perto de Diana pôde ouvir a voz da mãe brotando aos gritos do celular, chamando os dois de malucos e dizendo que ia correndo para lá.

Suspirando, a menina desligou.

– Vamos lá – disse, subindo as escadas.

Na delegacia, a moça meio gordinha e de cabelos compridos chamou o homem que passava diante de sua mesa e perguntou:

– E então, Chico, alguma novidade no caso do roubo na casa do tal milionário?

– Nada ainda, Jussara. Tudo que se sabe é aquilo mesmo: fizeram os seguranças de palhaços e roubaram o punhal sei-lá-de-quem. O tal Rodolfo teve um corte na testa, coisa sem gravidade. A arrumadeira achou que ele até tivesse morrido, ligou pra cá apavorada, coitada. Um vizinho também telefonou por causa dos tiros. Mas o bacana nem quis dar queixa; se não fossem a empregada e os vizinhos, a gente ficava sem saber de nada.

– É isso que me deixa intrigada. Se alguém se arriscou tanto pra roubar o tal punhal, quer dizer que ele deve ter muito valor. Então, por que o milionário não quis dar queixa?

Outro policial, que examinava uns papéis numa mesa mais adiante, resolveu entrar na conversa:

– O que é que vocês têm na cabeça? O cara não deu queixa. Dane-se! Problema dele. A gente já tem muito o que fazer, pra se preocupar com um negócio desses. Agora, se ele quiser me arrumar uns trocados por fora, posso investigar...

– Olha aqui, Brito – a detetive Jussara falou entre os dentes, medindo bem as palavras. Olhou para Brito com desprezo. Os dois realmente não se topavam. – Nós temos ideias bem diferentes do que significa ser policial. Se puder me poupar da sua opinião, eu agradeço.

– Pois não venha se fazer de santinha, não, porque...

O que ameaçava se tornar uma discussão foi interrompido pela chegada de outro funcionário, que se dirigiu à mesa de Jussara:

– Tem visita pra você. Posso mandar entrar?

– Visita? E isto aqui é lugar de receber visita? É uma delegacia ou um hospital? Não está vendo que eu estou ocupada? – Viu o grupo de garotos pela porta entreaberta. Sua expressão ganhou suavidade. – Ora, vejam só quem está aqui! A que devo a honra? – disse, delicadamente, mas nas entrelinhas podia-se perceber um certo tom de "quantas-vezes-já-disse-pra-não-vir-aqui?".

Caio vinha à frente. Abraçou-a, deu dois beijos, um de cada lado do rosto.

– Oi, mãe.

– E aí, filhão? Nossa, quanta gente! Tudo bem, pessoal? É uma visita de cortesia ou um comitê de cidadãos insatisfeitos com a nossa atuação?

Os outros a cumprimentaram discretamente. Ela baixou a voz e dirigiu-se novamente ao filho.

– O que houve? Sabe que não gosto que me procure no trabalho, ainda mais sem avisar. Se eu trabalhasse numa lanchonete, ainda vá lá. Mas aqui...

– É uma coisa importante, mãe. Sério mesmo.

O grupo começou a falar, todos ao mesmo tempo.

– Esperem aí, esperem. Vamos pôr ordem na bagunça! Um de cada vez.

Diana e André contaram o que haviam descoberto. Ela ouviu com atenção e depois perguntou:

O ROUBO DO PUNHAL SAGRADO

– Sua mãe está vindo pra cá?

Diana confirmou.

– Muito bem, vamos aguardar. Talvez ela possa nos dar mais alguma informação importante. Enquanto isso, se vocês se lembrarem de mais alguma coisa...

Dali a alguns minutos, apenas Diana respondia às perguntas de Jussara. Os demais se sentiam inquietos, sem nada poderem fazer. André corria os olhos pelo ambiente. De repente, teve sua atenção despertada por alguma coisa na mesa do detetive Brito. Era uma foto que se destacava parcialmente no meio de alguns papéis. Foi até lá.

– Dá licença?

– Ei, moleque! Tire as mãos das minhas coisas! Tá pensando que isso aqui é casa da sogra? Me dá essa foto aqui!

– É ele! – disse André mostrando a fotografia. Diana confirmou surpresa. Era realmente Jean Pierre.

– Quem é este, Brito? O que faz esta foto na sua mesa? – perguntou Jussara.

– Não se mete nisso, não, que o caso é meu.

– Quem é?

– O que é que você tem com isso? É o tal sujeito que mataram hoje de manhã no aeroporto.

CAPÍTULO 5

Quando Ângela finalmente chegou, ficou muito abalada com a notícia. Muito a contragosto, o detetive Brito contou-lhes o pouco que sabia. Pela manhã, Jean Pierre tinha sido encontrado num dos banheiros do aeroporto internacional. Fora assassinado com dois tiros à queima-roupa, dados possivelmente com uma arma provida de silenciador. Um funcionário lembrava-se de tê-lo visto entrar conversando com outro homem. O outro chamava a atenção: devia ter quase dois metros de altura, magro mas de ombros largos, cabelo grisalho, usando um terno cinza. Segundo palavras da testemunha, seu rosto lembrava um pouco o da criatura de Frankenstein do antigo filme. O funcionário estranhou porque ele saiu sozinho. Não havia dúvida de que era o assassino.

– Sente-se aqui, Ângela – disse a detetive Jussara, arrastando uma cadeira. – Uma pena a gente se conhecer numa situação como esta. Arranje um copo d'água com açúcar aqui pra moça, Brito.

– Tudo bem, mas não se esqueça: o caso é meu.

Visivelmente abalada, Ângela prestou depoimento e foi liberada. Sem condições de voltar ao trabalho, sentou-se num banco na recepção da delegacia, ao lado de Diana que, com o braço em torno dos seus ombros, procurava consolá-la. O detetive Brito dirigiu-se pessoalmente com uma equipe à casa onde Jean Pierre tinha morado para proceder a um exame do local. Poucos minutos depois, chegou um homem de óculos e bigode branco à sua procura.

– Viu o detetive Brito, Jussara? – perguntou o homem, olhando como se estranhasse a presença do grupo de adolescentes.
– Acabou de sair, dr. Otávio. Deve voltar só lá pelo final da tarde.
– Se ele aparecer por aí, diga que eu preciso falar com ele.
– Pois não – o outro se dirigiu ao interior da delegacia. Ela comentou em voz baixa para o grupo: – É o médico-legista. Um trabalho que não invejo nem um pouquinho. Não que o meu seja lá essas coisas...
Precisava voltar para sua sala. Fez um ligeiro aceno de despedida.
– Bom, pessoal, estão dispensados. O que é que estão fazendo ainda aqui? Delegacia não é lugar pra gente da idade de vocês. Diana, leve sua mãe pra casa e tome conta dela direitinho. Ela vai precisar. Qualquer novidade eu comunico. Os outros vão cuidar das suas vidas. Incluindo o senhor, seu Caio.

Todos os homens que se sentavam de ambos os lados da comprida mesa usavam longas túnicas de cor púrpura. Mas apenas o que estava à cabeceira mantinha a cabeça coberta por um capuz. A iluminação do ambiente era escassa, produzida apenas por um grande número de velas distribuídas em castiçais e candelabros. Nas paredes, painéis mostrando imagens de rostos retorcidos brilhavam à luz das chamas. Ao longo das laterais do salão, várias estátuas de estranhos seres, igualmente retorcidas e de expressões maléficas, davam um aspecto profundamente sinistro ao local. O dourado e o vermelho predominavam. Na parede ao fundo, em frente à porta, a única janela destoava do ambiente, pela aparência moderna. Ocupava um terço da largura da parede e quase toda a altura, totalmente envidraçada. Quem olhasse de fora veria apenas o vidro espelhado em tom de azul e jamais imaginaria o que ali se passava.

O ROUBO DO PUNHAL SAGRADO

– Irmãos – a voz rouca do encapuzado quebrou o silêncio –, estamos aqui para nos congratularmos pela recuperação do sagrado punhal de Berloch. O grande dia está próximo!

Houve um murmúrio de aprovação. O encapuzado ficou de pé. Em seguida, entrou na sala uma mulher de longos cabelos, trajando túnica idêntica às dos demais e trazendo, sobre uma almofada de veludo negro, o punhal recuperado. Colocou a almofada na ponta da mesa, do lado oposto ao do encapuzado. A seguir, o primeiro homem tomou-o nas mãos e ergueu-o acima da cabeça. Passou-o ao homem a seu lado que repetiu o gesto, logo passando-o adiante. Do mesmo modo procederam os seguintes.

No entanto, quando o punhal chegou às mãos de um homem mais idoso, de nariz aquilino, cabelos escassos e ligeiramente compridos, este se deteve e não completou o movimento. Ficou imóvel, com a arma diante de si. Parecia surpreso com alguma coisa.

Impaciente, o encapuzado interpelou-o:

– Algum problema, irmão Saul?

– Eu... eu não sei o que dizer, sumo sacerdote.

– Pois diga assim mesmo.

– Há... alguma coisa errada.

– O quê? Como assim? O que está errado?!

– Preciso ter certeza – introduziu a mão sob a túnica, apanhou alguma coisa no bolso da roupa que usava por baixo. Era uma lupa de joalheiro.

Examinou com atenção o cabo do punhal. Por fim, diante da observação ansiosa dos demais, confirmou:

– Os diamantes. Quase todos foram trocados por imitações baratas. O poder do punhal sagrado não existe sem que esteja completo.

– Não! Sagrado Berloch! Não agora, que o grande dia está tão próximo!

Furioso, o sumo sacerdote agitava os braços para cima, os punhos cerrados, a voz transformada num urro de frustração.

Lá fora, ouviu-se o barulho de um trovão.

CAPÍTULO 6

– Pai, eu tava querendo saber uma coisa...
– Diga, filho.
O pai de André trabalhava na redação de um jornal diário. Gostava do que fazia, embora às vezes reclamasse um pouco. Achava que poderia ganhar mais se trabalhasse no caderno de economia ou em algum noticiário de TV.
– Seria assim muito difícil... colocar uma notícia no jornal... que não fosse de todo verdadeira?
– É uma questão complicada. Por que você quer saber?
– Por causa de uma ideia que eu tive. Uma coisa que eu tô, digamos, investigando.
– Ora, vejam, dando uma de Sherlock?
– Mais ou menos. O que você quer dizer com questão complicada?
– Bem, nós temos um compromisso com a verdade. A imprensa tem um papel importante e se não houver esse compromisso, não cumpre com o seu papel. Isto é muito bonito de dizer, mas é difícil de fazer. Em épocas em que a imprensa vive sob censura, por exemplo, dizer sempre a verdade é quase impossível. E, às vezes, o motivo da informação incorreta é bem mais simples do que isto. Vamos supor que eu receba uma informação de uma fonte e confie nela. Publico a coisa e amanhã descubro que a fonte se enganou. Lá se foi a notícia e talvez o meu emprego pro espaço...
– Mas quer dizer que, se você não souber que não é verdade...
– Pode acontecer. Mas por que este interesse todo agora?

– Nada não. Ou melhor, é aquilo mesmo: coisa de Sherlock.

Dali a pouco André foi para o quarto e fechou a porta. Quando teve a certeza de não ser ouvido, ligou para o Caio.

– Oi, Caio. Olha só, eu tive uma ideia...

– Ontem à noite, tive uma discussão com o meu filho.

– Por que, Jussara? – perguntou Chico. – O Caio é tão boa-praça...

– Ideias de jerico. Coisas dele e daquele bando de maluquinhos que esteve aqui. Sabe o que ele teve coragem de me propor?

– Nem imagino. Do jeito que você está falando, boa coisa não deve ser.

– E não é mesmo! Eles sugeriram que a gente "plantasse" uma notícia falsa no jornal. Dizer que o francês está mal, mas ainda vivo. Assim haveria a possibilidade de que o assassino voltasse para terminar o serviço. Aí seria só segui-lo para dar com o resto do bando. O moleque anda vendo filme demais na televisão, não anda não?

– Sei lá... Até que a sugestão não é tão ruim.

Na mesa próxima, Brito ouvia atentamente, mas fingia estar concentrado no que fazia.

– Como assim, não é tão ruim? Botar uma notícia falsa é antiético. E depois ia ter que contar com a colaboração do jornal, do hospital, uma trabalheira. E se o bandido não lê jornal? Ficamos com cara de tacho!

Cutucou o companheiro com o cotovelo:

– De todo o modo, o caso é do Brito, a gente não pode se meter. E ele não seria capaz de fazer uma coisa dessas, seria, Brito?

– Muito boa lembrança: o caso é meu! Portanto, quem decide o que fazer ou não fazer sou eu, entendido? – Levantou-se e saiu da sala.

O ROUBO DO PUNHAL SAGRADO

– Quer apostar como ele vai fazer exatamente o que você disse para não fazer? – perguntou Chico em voz baixa.

– E por que você acha que eu falei na frente dele? – respondeu ela, dando uma piscadinha.

– É. Bota do jeito que eu falei. Eu estou garantindo, rapaz! – Brito falava baixo ao telefone. – Alguma vez eu já deixei você em má situação? Tá, fora essa vez. E fora essa também. E essa outra. Faz o seguinte: você põe a matéria do jeito que eu falei e eu te dou exclusividade na reportagem. Exclusividade! Melhor, você me acompanha na hora em que eu for efetuar a prisão. Em primeira mão! Então, tá. Um abraço!

Brito pousou o telefone no gancho.

– Desta vez a minha promoção sai! – Esfregou as mãos de contentamento.

– Tá aqui! Tá aqui! Deu certo, André, deu certo!

– Calma, Caio! A notícia saiu. Mas ainda é cedo pra cantar vitória. Agora temos que esperar. Vamos ver se a armadilha funciona.

– Rapaz, eu queria estar lá pra ver!

– Deixa eu dar uma olhadinha no jornal. Quero ver como ficou.

Era uma notícia bem pequena e dizia assim:

VÍTIMA DE ATENTADO SOBREVIVE

Foi operado ontem no Hospital Euríclides Zerbini o homem encontrado ontem no aeroporto internacional Tom Jobim, vítima de dois tiros. Ainda é cedo para dizer se sobreviverá, mas, segundo a equipe médica, seu estado tem apresentado significativas melhoras. Pelos documentos encontrados em seu poder, trata-se de Jean Pierre Delon, cidadão francês, mas a polícia suspeita que tais documentos, inclusive seu passaporte, sejam falsificados. Acredita-se que, assim que o paciente estiver em condições de falar, o mistério em torno do atentado sofrido possa ser desvendado (...)

O homem terminou de ler a notícia e dobrou o jornal. Atirou ao chão o cigarro ainda pela metade, esmagou-o com a ponta do sapato e caminhou pelo corredor do hospital. Era um homem muito alto e tinha cabelos grisalhos. Vestia-se de branco como um médico, mas trazia nos olhos frios um brilho assassino. No local onde estivera havia uma placa que dizia: "É proibido fumar."

Diante da porta de um dos quartos, parou e conferiu o número. Estranhou um pouco que não houvesse nenhum policial de guarda no andar. Olhou para um lado e para o outro e abriu a porta bem devagar. Tateou pela parede até encontrar o interruptor. Acionou-o duas, três vezes, mas a luz não se acendeu. No entanto, a claridade de fim de tarde que entrava pela janela era mais do que suficiente para o trabalho que viera executar.

CAPÍTULO 7

O homem alto atarraxou um silenciador no cano do revólver e apontou para o vulto imóvel na cama. Quatro disparos certeiros, com o mínimo de barulho. Ia aproximar-se para conferir o resultado do "serviço", mas passos no lado de fora o fizeram desistir. De todo modo, era praticamente impossível que a vítima sobrevivesse mais uma vez. Deu meia-volta e saiu rapidamente na direção contrária à que tinha vindo, evitando a enfermeira que surgia do outro lado do corredor.

– Chamando detetive Brito, chamando detetive Brito. Alô, Brito, câmbio.

– Brito na escuta. Câmbio.

– O elemento já passou por aqui e acaba de "matar" o boneco. Vou atrás dele. Dou voz de prisão ao elemento? Câmbio.

– Negativo, Genilson. Repito: negativo. O elemento é arraia miúda. É só o executor. Tem gente maior por trás desse negócio. Vamos atrás dele e pegamos os peixes grandes. Câmbio e desligo.

Virou-se para o repórter ao seu lado.

– Olha aí, promessa cumprida. A cobertura da matéria é toda tua. Pode mandar o menino aí ir preparando a máquina fotográfica, que na hora em que a gente estourar o esconderijo, vocês entram comigo. Mas veja lá, quero foto minha em primeira página!

O assassino caminhou até a esquina e tirou o jaleco branco, enfiando-o numa lixeira. Em seguida, fez sinal para um táxi que passava. Quando o táxi arrancou, foi seguido por dois carros sem qualquer identificação de que se tratava de viaturas da polícia. No entanto, dentro deles todos eram policiais, exceto o repórter, amigo do detetive, e o fotógrafo do jornal que o acompanhava. O carro da frente ia tão cheio que os ocupantes se apertavam uns contra os outros.

Durante longos minutos, o táxi percorreu várias ruas, dando voltas e mais voltas. Era difícil saber com exatidão para onde estava se dirigindo.

– Ei, detetive Brito! – chamou o repórter, do banco de trás. – Acho que já passamos por esta rua!

– Positivo. O elemento está tentando efetuar manobras de despistamento. Mas não é páreo para nossa larga experiência.

Finalmente, o carro parou diante de uma casa iluminada. Nada havia que indicasse tratar-se do esconderijo de alguma gangue. Espertos, estes caras, pensou Brito. O criminoso pagou a corrida, desceu e entrou na casa. Os policiais pararam os carros a alguma distância e se aproximaram a pé.

– Atenção, pessoal! – Em voz baixa, o detetive Brito assumiu o comando da operação. – Vamos invadir o local. Certamente é a sede da quadrilha. Temos que estar preparados para tudo, positivo? Não sabemos a quantidade de meliantes no recinto, nem sua reação quando forem apanhados em flagrante. Portanto, todo cuidado é pouco, positivo?

Silenciosamente, o grupo se concentrou na pequena varanda. O próprio Brito abriu a porta com um pontapé. Entraram todos de armas na mão. Logo atrás vinha o fotógrafo do jornal.

– Parado aí, todo mundo! Ninguém se mova! É a polícia!

As senhoras que jogavam bingo levantaram as mãos, assustadas. Uma até deixou cair a xícara de chá, molhando as cartelas gastas. Ouviram-se sucessivos cliques da máquina fotográfica.

– Que negócio é esse?! – perguntou o detetive, surpreso. – Cadê o elemento que entrou aqui?

O ROUBO DO PUNHAL SAGRADO

Uma das senhoras, mantendo a mão direita no alto, apontou com a esquerda.

– Um senhor alto, de terno cinza? Entrou, pediu desculpas por interromper e saiu pelos fundos. Deve ter passado pelo terreno baldio aí atrás. A gente vai aparecer no jornal?

Dois dias depois, durante a aula de história, Bruno cochichou para André e Diana:

– Caio já contou pra vocês do vexame de anteontem?

– Tá brincando? Ele ligou pra gente logo que soube! Deve ter sido muito engraçado!...

– Parece que o pessoal da delegacia anda chamando o detetive Brito de "Terror da Velhinhas"...

– Bem feito! – resmungou Diana. – Eu não fui com a cara dele mesmo!...

– Mas, infelizmente, lá se foi a única pista. – André parecia meio desanimado. – E não se esqueçam que a ideia foi nossa.

– Ó, mas se tivesse dado certo, garanto que o esperto do detetive ficava com a glória pra ele! – afirmou Bruno.

Tendo a atenção despertada pelos cochichos, o professor Renato olhou para eles com cara de quem não gostou. Bruno deulhe um sorriso amarelo. André ficou calado até o fim da aula. Mas antes que o professor saísse da sala, ele o abordou:

– Professor, pode me dar um minuto?

– Pois não, André. Alguma dúvida? Talvez se vocês conversassem menos...

– O senhor deve ter lido nos jornais sobre um estranho roubo. Levaram uma relíquia histórica, chamada de punhal de Berloch...

– Vi alguma coisa, sim. Uma notícia pequena. Não parecia nada de importante.

– Essa coisa de Berloch... O que o senhor sabe a respeito?

– Quer que eu seja inteiramente honesto? Nada. Parece que se trata de um deus antigo, coisa assim. Na verdade, nem disso tenho certeza. Por que a pergunta?

– Nada não. Só fiquei curioso. Achei que o senhor, como interessado em história... Obrigado, de qualquer forma.

Já tinha se afastado alguns passos, quando o professor o chamou:

– André! Espere!

Procurava um endereço numa agenda que retirou da pasta. Dentro da pasta, papéis, livros, apostilas e mais um número incalculável de objetos pareciam a ponto de começarem a se devorar uns aos outros por falta de espaço.

– Se há alguma pessoa que possa ter alguma informação acerca desse assunto, esta pessoa é o professor Euclides Perez. Ele adora estes papos sobre civilizações perdidas, mistérios antigos, coisas assim. Deu aula aqui durante muitos anos, antes de se aposentar. Eu mesmo fui seu aluno... Ah, aqui está o endereço.

André anotou a informação em um pedaço de papel e agradeceu. Ao voltar para o grupo, ainda foi recebido com gozação:

– Aí, André! Conseguiu aquele meio pontinho que foi implorar?

– Berloch... – O professor Euclides tirou o cachimbo da boca, pôs-se a olhar, pensativo, para o teto. – Parece que se tratava de um parente menos conhecido, um primo distante, talvez, do deus Moloch, dos fenícios, uma entidade do mal. Ambos eram muito sanguinários e cruéis, acho que até disputavam entre si pra ver quem era pior. Mas o culto a Berloch sempre teve menos adeptos, daí ter sido quase esquecido com o passar do tempo. Sabe-se muito pouco a seu respeito. Por exemplo, é certo que

O ROUBO DO PUNHAL SAGRADO

exigia sacrifícios humanos de tempos em tempos, em troca de boas colheitas. Só que, depois dos sacrifícios, as boas colheitas não vinham, continuava tudo do mesmo jeito. Aí seus seguidores foram desistindo e o culto acabou sendo abandonado.

Sentados à sua frente, André, Diana, Caio e Bruno ouviam com atenção. O idoso professor prosseguiu:

– Mas os povos que o cultuavam desapareceram há milênios, bem antes do cristianismo. Estranho que garotos como eles se interessem por um assunto destes, não acha, Sócrates?...

Sua mão acariciava um gato angorá deitado no seu colo. Quando os dedos alcançavam a orelha, o animal fechava os olhos de prazer. Naquele momento, Sócrates concordaria com qualquer coisa.

Os meninos se entreolharam. André sentiu tanta confiança no velho professor que resolveu explicar:

– Estamos buscando a solução de um mistério. Procuramos a relação entre a morte de um cidadão francês e o roubo do punhal de Berloch. – Mostrou-lhe o amarrotado recorte de jornal com a notícia do roubo. Houve um momento de silêncio.

– Bem... – começou o professor, tirando uma baforada do cachimbo. – Posso lhes falar sobre a morte de muitos franceses. Napoleão Bonaparte, por exemplo. Mas acho que não é exatamente o que querem saber. Quanto ao punhal de Berloch, para mim não passava de uma lenda, até aparecer esta notícia no jornal.

Levantou-se, de súbito. Sócrates, apanhado de surpresa, pulou no chão, assustado. O professor, ignorando o miado malhumorado do gato, dirigiu-se à estante e apanhou um grosso volume. Era um livro com aparência muito antiga, de capa marrom-escura e inscrições douradas, os cantos já estavam bastante gastos pelo manuseio.

– Hummm.... hummm... Ah, aqui está.

Com o livro na mão começou a andar pela sala. Curioso, Bruno levantou-se e começou a andar atrás dele, tentando ver alguma coisa do livro.

– Segundo a lenda, o punhal teria um poder extraordinário. Usado no ritual do sacrifício, possibilitaria que o próprio Berloch encarnasse no corpo de um ser humano.

– Como é o negócio? – perguntou André.

– Encarnação. Incorporação. Possessão. Com o poder do punhal, Berloch tomaria posse do corpo de uma pessoa qualquer. Já pensaram? O Mal vivo e passeando entre nós! A pessoa ao seu lado no elevador ou no shopping poderia ser um monstruoso ente de outra eras. E usando roupa de marca! Mas isto só seria possível em determinada conjunção astral, um alinhamento específico que ocorre apenas duas vezes a cada século...

– Nossa! Impressionante! – disse Bruno.

– No momento exato, vejam bem, apenas nesse momento, em que os astros estivessem perfeitamente alinhados, seria realizado o sacrifício. Vejam aqui, vejam!

Com a parada súbita do professor, Bruno trombou com as suas costas. Na página à esquerda do livro havia um mapa celeste, mostrando o alinhamento dos astros. Na outra página, via-se um desenho do punhal com sua longa lâmina e o cabo cravejado de pedras preciosas. Mas o que impressionava era o desenho acima que mostrava uma figura diabólica, de olhos saltados e sinistros, usando uma espécie de capacete cheio de pontas. Da boca saltava a língua bifurcada como a de uma cobra.

– Através do punhal, que funcionaria como uma antena, captando um sinal – prosseguiu o professor Euclides, entusiasmado, o volume da voz crescendo –, à medida que a alma da vítima abandonasse o corpo, o espírito imortal de Berloch tomaria o seu lugar! E o Mal andaria novamente sobre a Terra!

O ROUBO DO PUNHAL SAGRADO

Os meninos julgaram ter ouvido o som de um trovão. Fazia bom tempo, portanto devia ser na televisão do vizinho.

– Estou toda arrepiada! – comentou Diana, apertando o braço de André, que o passou por cima do seu ombro. – Já vi que vou ter pesadelo esta noite!...

– Talvez não deva levar esta história tão a sério, minha jovem. – O professor retomou a sua aparência calma. Sentou-se novamente, o gato retornou ao seu colo, um tanto desconfiado. – Deve ser apenas mais uma lenda, como tantas outras.

– Mas espere, professor – interveio André –, e o punhal que foi roubado? Era real, uma verdadeira antiguidade. Pertencia a um colecionador...

– Isto também me deixa curioso. Afinal, ninguém sabia que ele estava de posse desta relíquia, até a notícia do roubo. Como foi parar em suas mãos? De quem o comprou? Quem o roubou? É claro que a notícia chegou ao jornal pela boca grande de alguém que trabalha na casa. Pessoalmente, acho que o punhal roubado não é o verdadeiro. Se é que existe ou existiu algum verdadeiro... Existe a possibilidade de que o culto a Berloch tenha sobrevivido secretamente e que a relíquia pertencente a este colecionador seja uma reprodução antiga feita com base em desenhos como o deste livro que acabaram de ver. Só um exame mais apurado poderia determinar em que época foi feita realmente... E com o roubo, isto se tornou impossível.

– Supondo que existisse, que interesse teria para um ladrão comum?

– Muito simples, André – esclareceu o professor. – Se é o punhal original ou uma cópia fiel, trata-se de um objeto de valor não apenas histórico. Segundo a lenda, o punhal de Berloch tinha o cabo ornado por uma dúzia de diamantes perfeitos...

41

Conversaram ainda por mais alguns minutos. Percebendo que não estavam mais avançando na investigação, logo os meninos se levantaram e despediram-se do anfitrião. Ronronando, Sócrates esfregava-se nas pernas de Diana.

– Bem, professor, temos que ir. Está ficando tarde e viemos direto do colégio pra cá. Obrigado pela ajuda – agradeceu André.

– Espero que tenha sido de alguma utilidade. Se precisarem de mais alguma coisa... – Acompanhou-os até a porta.

Fora da casa, o grupo recomeçou a discussão, enquanto desciam a rua.

– Deus sanguinário, sacrifícios humanos... Impressionante! Querem saber de uma coisa? – perguntou Bruno. – Tô fora! Eu vou é pra casa, antes que essa conversa me faça perder o apetite!

– Nada neste mundo seria capaz de fazer você perder o apetite, Bruno.

O outro não perdeu a pose.

– Posso até concordar com você, André. Mas que aí parece que tem coisa que não é desse mundo, parece...

– Para com isso, Bruno! – reclamou Diana. – Fica me botando medo! Ainda mais depois da conversa daquela cigana...

– Que cigana?

Caio e Bruno ainda não sabiam da história da profecia. Quando acabaram de contar, Caio tomou uma decisão:

– Tô com o Bruno. Isto está ficando esquisito demais pro meu gosto! E pode ser perigoso! A cigana não previu?

– Você também acredita em quiromancia, Caio? – perguntou André.

– Cara, eu nem sei o que é esse negócio... E se for xingamento...

– Quiromancia não é xingamento, não. É a arte de predizer o futuro de uma pessoa pela leitura das linhas da sua mão.

– Ah, é isso?
– É.
– Acreditar, não acredito. Mas não custa prevenir. A gente não é detetive! É melhor deixar pra gente feito minha mãe, pra polícia de verdade.
– Tudo bem, tudo bem – conciliou André. Os outros suspiraram de alívio, achando que ele tinha capitulado. Mas ainda não tinha sido dessa vez. – Vocês podem ir para casa, se quiserem. Mas eu queria fazer uma última tentativa, falar com mais uma pessoa, antes de desistir.
– E que pessoa seria essa? – Diana mostrou-se curiosa.
– Ninguém não, deixa pra lá, vocês querem ir embora mesmo...
– Fala logo, cara!
– O próprio Rodolfo de Freitas, de quem o punhal foi roubado.
Da esquina próxima, atrás deles, uma jovem cigana os observava furtivamente.

CAPÍTULO 8

– Jussara, viu o "Terror das Velhinhas"? – Até o delegado Teixeira tinha aderido ao apelido. Pobre detetive Brito!

– Passou por aqui ainda há pouco. Ele não tem parado muito no setor. Acho que está se escondendo pra fugir da gozação...

– Isto aqui chegou via e-mail. – O delegado mostrou alguns papéis. – É a resposta da Interpol a uma consulta que fiz, sobre aquele caso no qual ele está trabalhando. Quando não está assustando idosas senhoras, é claro... Mas acho que ele vai ficar interessado.

– Pode colocar na mesa dele, doutor Teixeira. Eu aviso assim que ele chegar.

Quando o delegado saiu da sala, a detetive Jussara ficou algum tempo batendo com a caneta nos dentes, enquanto olhava para a mesa próxima e resmungava "Interpol, hein?" A seguir, levantou-se com cuidado e, depois de se certificar de que ninguém estava olhando, deu uma espiada nos papéis que o delegado colocara sobre a mesa do detetive Brito, o "Terror das Velhinhas". À medida que ia lendo, seus olhos iam ficando mais e mais abertos.

– Essa não! – exclamou. – Quem seria capaz de imaginar uma coisa destas?

Chegando à frente da casa do milionário, os quatro meninos puderam ter uma visão bem ampla por entre as grades de ferro do portão. Caio ficou impressionado com o tamanho e a beleza do imóvel.

– Sim, senhor! Esse aí sabe viver! Olha só esse gramado! Se não fosse a inclinação, dava até um campo de futebol!

– Dá para acreditar que aí mora um cara sozinho?

– Mesmo, André? – perguntou Diana.

– Bem, não exatamente. O que eu quis dizer é que o tal milionário não tem família. Li no jornal: é solteiro, sem filhos... Mas, em compensação, tem cozinheira, arrumadeira, jardineiro, segurança, motorista...

– Impressionante! Mas eu acho que ficamos todos malucos, aceitando acompanhar esse aí. – Bruno apontou o polegar para André. – E devo lembrar aos caros amigos, colegas de turma e companheiros de maluquice, que nós ainda não almoçamos!

– Quando a gente sair daqui, eu prometo dar uma passada na primeira lanchonete – disse André.

– Grande coisa!

– Eu pago.

– Ah, aí o caso é diferente...

– Todo mundo ligou pra casa, avisando que ia chegar mais tarde?

Sem sair da guarita, o segurança que, apesar do calor, vestia-se de preto, perguntou:

– O que desejam?

– Nós temos uma entrevista com o sr. Rodolfo de Freitas. Marcamos com ele por telefone... – informou Diana.

O homem comunicou-se com o interior da casa, notificando a chegada dos meninos. Obtida a autorização para a entrada, abriu o portão eletrônico.

– Sigam em frente – disse, apontando o caminho de pedras que levava até a casa.

Na varanda havia outro segurança, vestido do mesmo modo que o primeiro. Até o corte do cabelo era igual. Sem dizer nada, abriu-lhes a porta.

O ROUBO DO PUNHAL SAGRADO

– Será que são fabricados em série? – perguntou Bruno, em voz baixa.

Mal entraram no salão, ficaram deslumbrados. A casa era mais luxuosa por dentro que por fora. Móveis antigos, tapetes persas, lustres de cristal... Nas paredes quadros com assinaturas de artistas muito conhecidos, entre outros um Portinari, um Di Cavalcanti e até uma sinistra imagem de Francis Bacon. Ainda estavam boquiabertos, quando o próprio dono da casa veio recebê-los.

– Boa-tarde, jovens. – Rodolfo de Freitas tinha o sorriso bonachão de alguém que deveria ter sido avô. Na testa, trazia ainda um curativo no ponto em que havia se cortado ao cair sobre a mesa na noite do assalto. – É um prazer tê-los aqui! Não costumo receber muitas visitas... Em que posso lhes ser útil?

Feitas as apresentações e os esclarecimentos minimamente necessários (se dessem muitos detalhes, talvez fossem chamados de malucos), o milionário prontificou-se com a maior simpatia a informá-los do que fosse preciso.

– É melhor começar pelo princípio – disse. – Como vocês talvez já saibam, sou descendente de imigrantes e herdeiro de uma fortuna considerável. Apliquei bem o dinheiro que me foi destinado e posso admitir que tenho uma vida confortável...

André olhou em volta pelo canto do olho. "Confortável, vejam só!", pensou com seus botões. "Quanta modéstia..."

– No entanto, por circunstâncias da vida, não me casei, não tive filhos e certamente a linhagem da família vai se extinguir comigo. Não tendo para quem deixar este patrimônio, resolvi me dar ao luxo de viver entre coisas de que realmente gosto: objetos antigos, raridades, obras de arte... Estou sempre em busca de coisas diferentes. E pago bem por elas. Foi numa dessas buscas que o punhal sagrado de Berloch me chegou às mãos.

– Como assim?

– Documentos antigos davam conta de que o punhal, o verdadeiro, havia reaparecido em várias ocasiões ao longo do tempo. Mas por esta ou aquela circunstância, acabava sempre se perdendo novamente. Em períodos mais recentes, as duas últimas aparições tinham sido registradas na Alemanha e nos Estados Unidos. A segunda, de acordo com informações não muito confiáveis, devo dizer, não havia coincidido com a tal conjunção astral que, segundo a lenda, seria necessária ao seu uso como elemento de um ritual.

– Um sacrifício humano? – perguntou Diana.

– Sim. – O milionário ergueu a sobrancelha. – Pelo que vejo, já conhecem alguma coisa da lenda... De lá para cá, circulou por várias mãos em vários países...

– Até chegar aqui.

– Exatamente. E, se me permitem dizer a verdade, a relíquia saiu do último país onde se encontrava através de meios... digamos assim... não muito lícitos. Por este motivo, não fiz seguro nem dei queixa do roubo à polícia. Se não fosse pela precipitação na noite do roubo e pela língua grande demais de algum dos empregados, ninguém saberia do que aconteceu aqui.

– Então por que o senhor está nos contando tudo isso agora? – perguntou Diana.

– Porque vocês são garotos. Desculpem minha sinceridade, mas ninguém acredita muito no que garotos dizem. Se repetirem uma história maluca destas por aí, vão rir na cara de vocês.

– O pior é que é verdade – concordou Bruno.

– Não se incomodem tanto. A verdade é que eu mesmo acho tudo isto uma bobagem – riu o milionário. – O punhal era uma raridade, uma relíquia muito antiga e por isso me agradava. Era também uma peça valiosa por causa das pedras e isso agradou

O ROUBO DO PUNHAL SAGRADO

a mais alguém. Valia realmente muito dinheiro, penso até em contratar um detetive particular para ver se consigo recuperá-lo. Mas daí a acreditar em rituais, invocações de espíritos e tolices do gênero, vai uma enorme distância...

Nesse momento tocou o telefone. Rodolfo pediu licença aos meninos e foi atender.

– Alô. Sim, sou eu. Tem certeza? Que ótimo! Claro, faça o que for necessário. Espero por mais notícias.

Desligou.

– Meu corretor de ações. É preciso estar sempre atento às variações do mercado. Perder dinheiro é fácil; ganhar, ao contrário...

– Não queremos atrapalhar.

– Foi um prazer falar com vocês.

De boca cheia, Bruno fazia sinal de aprovação. Já era o segundo hambúrguer que encarava. Já que a conta ia ser paga pelo André, mesmo... Este, aliás, que deveria estar profundamente preocupado com sua iminente falência (sustentar Bruno à base de hambúrguer era um duro golpe nas suas finanças), mostrava-se apenas pensativo.

– O que foi, André? – perguntou Diana, afastando com as pontas dos dedos o cabelo na testa do menino.

– Sei lá... Esta coisa toda continua me incomodando.

– Ah, esquece. Deixa pra lá. Você mesmo disse que a visita ao tal milionário ia ser a última coisa antes de desistir, não disse?

– É, tá certo. É que parece um quebra-cabeças; e eu detesto largar um quebra-cabeças antes de colocar a última peça!

– Acordo é acordo – disse Caio. – Esquece do caso. Vamos mudar de assunto. E o meu Mengão, hein?

– É, não tá ganhando uma! Muda jogador, muda técnico... e nada!

– Muda de assunto de novo! – gritou Caio, desesperado – Muda de novo!

– Disseram-me que o senhor era um bom negociante. Pois não parece. É claro que o que está me oferecendo é uma ninharia! – O dr. Otávio parecia nervoso. Olhava a toda hora para trás, como se a qualquer momento fosse entrar na loja alguma pessoa conhecida. E a última coisa que queria naquele momento era ser visto ali. Suava. O homem à sua frente, ao contrário, mantinha-se em uma calma quase irritante. No balcão, entre os dois, um pequeno embrulho de tecido preto.

– Saul é bom negociante, senhor. O material que o senhor trouxe é muito bom, Saul não nega. Muito bom.

A joalheria era pequena. Não se via outro funcionário no local. Nas vitrines e no balcão envidraçado refulgiam joias deslumbrantes. Havia ali uma pequena fortuna bem à mostra e certamente outra maior guardada em algum cofre, fora de vista. No entanto, o joalheiro vestia-se quase pobremente.

– Então por que insiste em manter esta oferta tão baixa?

– O senhor pode conseguir preço melhor em algum outro lugar. Mas vai ser diferente. O senhor já pensou nisso? Saul não quis ver nota de compra, não perguntou de onde veio o material, não perguntou nem o nome do senhor...

O legista tirou um lenço do bolso, enxugou o suor da testa. Se aceitasse, ia se sentir lesado.

Com a dificuldade trazida pelo peso dos anos, Saul levantou-se e foi até os fundos da loja. Certamente, até algum dos cofres cuja existência o médico supunha. Voltou trazendo vários maços de notas, que colocou sobre o vidro do balcão.

– O senhor pode contar. Saul paga na hora, sem pergunta. É pegar ou largar.

50

O ROUBO DO PUNHAL SAGRADO

O dr. Otávio ainda folheou alguns maços de dólares à sua frente. Quase se podia ver a dúvida saltando dos seus olhos. Depois empurrou o maço de volta.

– Não. Que diabo, eu tenho certeza de que posso conseguir mais do que isto! Bem mais! – Pegou o pequeno embrulho sobre o balcão e colocou-o no bolso do paletó.

– O senhor é quem sabe. A cabeça de um homem é quem diz o que ele tem que fazer. O senhor fique à vontade. Passe bem.

– Explorador! – resmungou o médico, saindo da loja para a luz do dia. Assim que ele alcançou a rua, Saul tocou uma campainha. Um homem alto, de ombros largos e cabelo grisalho entrou, vindo dos fundos da loja.

– Vá atrás dele – ordenou o joalheiro – e traga o embrulho de volta!

Quando o homem saiu, silenciosamente, Saul deu um telefonema:

– O poder de Berloch é grande! Só mesmo por ele! Pois eis que os diamantes vieram até nós! Em poucos minutos, eu os terei nas mãos e o portador será silenciado! O grande dia está chegando! Glória a Berloch!

CAPÍTULO 9

– Aí, galera, tô indo nessa! Amanhã a gente se fala. Aí, André, valeu mesmo! – disse Bruno, dando uma palmadinha na própria barriga. Atravessou a rua e dobrou a esquina, enquanto os outros três seguiam pela calçada batendo papo. Iam chegar bem mais tarde em casa e, exceto Diana, que com frequência se desencontrava da mãe na hora do almoço, todos tinham que inventar ótimas desculpas para justificar o atraso.

Minutos depois perceberam que havia, mais adiante, no mesmo lado da rua por onde estavam indo, um aglomerado de pessoas.

– Ué, o que está havendo?

Como iam mesmo naquela direção, aproximaram-se. Abriram caminho entre os curiosos e viram um homem caído no chão. Ainda vivia, mas parecia gravemente ferido. E pareceu-lhes estranhamente familiar. De onde o conheciam?

– Já sei! – lembrou-se subitamente André. – Ele estava lá na delegacia. É o médico-legista!

Debruçou-se sobre o ferido. A maioria dos curiosos parecia sem ação. Falava-se muito, mas ninguém tomava nenhuma atitude. Uma voz gritou:

– Tirem essas crianças daí!

– Alguém já chamou a ambulância? Viram o que aconteceu? – perguntou um homem que também chegava naquele momento.

Respostas desencontradas. Tiros? Ninguém tinha ouvido. Uma senhora dizia ter visto um homem alto, de quase dois metros, grisalho e usando terno cinza, se debruçar sobre o corpo.

A descrição batia com a do assassino do aeroporto e o do hospital. Era coincidência demais. Não havia dúvida: era o mesmo homem! Mas o que teria uma coisa a ver com a outra?

– Telefone para a ambulância, Diana! Caio, ligue para sua mãe e diga pra vir correndo pra cá!

Enquanto os outros dois se desincumbiam das suas tarefas, André inclinou-se sobre o médico. O ferido apertou sua mão. Parecia querer dizer alguma coisa, mas a voz não saía. O garoto aproximou ainda mais a cabeça e conseguiu ouvir-lhe o fio de voz.

– ... os... diamantes...

Foi a última coisa que disse na vida. A cabeça tombou, a mão que apertava a do menino afrouxou-se. Era um choque para André, que detestava até ir a enterros, ver um homem morrer diante dos seus olhos.

Percebeu, com surpresa, que o médico havia colocado algo na sua mão. Um pedaço de papel!

Levantou-se, guardou dissimuladamente o pedaço de papel no bolso e aguardou a chegada, já inútil, da ambulância. Tudo aquilo parecia, como ele mesmo já havia dito, um grande quebra-cabeças. E a cada momento surgiam mais peças que não se encaixavam!

Jussara ficou surpresa com a morte do dr. Otávio. Não que fossem grandes amigos ou que ela não estivesse acostumada com ocorrências violentas. O que chamava sua atenção era que realmente, como achava André, devia haver uma ligação entre os fatos. Mas qual seria esta ligação?

Preocupava-a também a presença do filho e dos seus colegas em situações como aquela. Caio e os outros eram bons meninos, nunca tinham se metido em encrenca. Mas estava parecendo que ultimamente a encrenca andava atrás deles. Naquele momento

O ROUBO DO PUNHAL SAGRADO

estavam novamente reunidos na delegacia, exatamente por terem dado o azar de presenciar a morte do médico-legista.

– Ah, Diana... – disse a detetive, depois de ter ouvido tudo que os meninos tinham a dizer. "Tudo" não é exatamente verdade, pois André não havia lhe contado sobre o papel que recebera do moribundo. – Antes que eu me esqueça: chegaram informações da Interpol a respeito de Jean Pierre Delon. Na verdade, eu nem deveria estar lhe dizendo isso, o caso é do detetive Brito e ele nem sabe que eu sei. Além do mais, vocês são adolescentes. Não é assunto para gente desta idade. Mas depois do que já viram... Sinto muito, mas não são boas notícias. Principalmente para sua mãe...

– O que quer dizer?

– Ele não era representante comercial, coisíssima nenhuma. Jean Pierre era apenas um dos muitos nomes que usava. Na verdade, era um ladrão muito conhecido e bastante procurado na Europa.

Naquela noite, André se encheu de coragem e resolveu contar aos pais o que estava acontecendo. Eles iam acabar sabendo de qualquer jeito e não lhe parecia justo que estivesse envolvido naquela confusão sem que eles tivessem qualquer ideia do que ocorria. O pai ouviu até o fim, fazendo poucos comentários, mas a mãe parecia a ponto de arrancar os cabelos.

– Eu sabia! Eu sabia que tinha qualquer coisa errada por aqui! Tiroteios! Mortos! E a gente aqui, achando que nosso filho era um garoto ajuizado! Mas deve ter aí um componente genético, ah, deve! Porque você – apontou para o marido – também adora meter o nariz onde não foi chamado, tanto que foi trabalhar em jornal! E ainda fica falando dos podres dos políticos! Qualquer dia a encrenca vira é pro seu lado!

55

– Calma, amor. Pelo visto, nosso menino é apenas um tanto curioso. O que, para um futuro bom repórter, pode ser uma grande qualidade...

– Bom repórter! E eu lá quero que meu filho seja um bom repórter? Quero é que seja um médico, um advogado, um engenheiro, um artista de televisão, enfim, um negócio qualquer que dê dinheiro ou prestígio!

Normalmente, ela era até uma pessoa bastante calma. Mas a verdade é que aquela não era bem uma situação normal.

– Agora, se eu fosse repórter de polícia e você soubesse dessas coisas sem me contar nada – avisou o pai – era castigo na certa. E por um mês.

André demorou a dormir. Tentava ligar os fatos, mas era como tentar segurar uma bolha de sabão. Imaginava como Ângela teria recebido a nova informação sobre Jean Pierre. A coitada devia ter desabado de vez. O menino censurou-se por não ter acompanhado Diana até em casa.

De repente, lembrou-se: o papel! Levantou-se e, fazendo tão pouco barulho quanto lhe foi possível, foi até a lavanderia. Tinha esquecido o papel no bolso da calça. Tateou no cesto de roupa suja, encontrou a calça, enfiou a mão no bolso. Lá estava ele! Podia ser algo sem nenhuma importância. Ou talvez uma pista significativa. De todo modo, se a calça tivesse ido para a máquina de lavar... Adeus, pista!

De volta ao quarto, desdobrou o papel amarrotado. Estava escrito apenas: Rosenberg Joias. Mas a parte de baixo do papel, onde talvez estivesse anotado o endereço, estava rasgada.

– Mamãe teve uma daquelas conversas sérias comigo ontem à noite. Disse que está preocupada com as coisas que têm acontecido ultimamente. Perguntou até se eu não achava melhor mudar um pouco de turma, fazer outras amizades... – disse Caio.

O ROUBO DO PUNHAL SAGRADO

– ...escolher melhor suas companhias...

– Isso mesmo! Como é que você sabe?

– Liga, não. Mãe é assim mesmo – disse Diana. – A minha anda tão abalada que, ultimamente, eu é que tenho tomado conta dela. E você, Bruno?

No fundo, Bruno até tinha gostado de ir pra casa antes dos amigos. Pelo menos não tinha passado pela mesma situação deles, aquela coisa de ver um homem morrendo...

– Bom, o meu pessoal só estranhou um pouco na hora do jantar. Acharam que eu estava comendo pouco...

– Também, depois de todos aqueles hambúrgueres que você engoliu... – comentou a menina.

– Espere aí! – disse subitamente André, que estava um pouco fora do papo. – Tive uma ideia! É uma coisa muito estranha, mas...

– Você é uma coisa estranha, André. Fica quieto um tempão, depois parece que levou um choque elétrico. Vai falar logo ou está esperando a gente implorar? – Caio estava impaciente.

– Engolir. É isso!

– Isso o quê?

– O dr. Otávio era médico-legista, certo? É possível que tenha sido ele quem fez a autópsia no Jean Pierre!

– E daí?

– Aí está a ligação entre uma coisa e outra! Jean Pierre era um ladrão internacional. E deixou um recado avisando que estava encrencado! Sou capaz de apostar que foi ele quem roubou o punhal de Berloch!

A surpresa tomou conta do grupo.

– Tem certeza, André? – perguntou Caio.

– É claro que não. Estou apenas fazendo suposições. Lembram de quando o professor Euclides e o Rodolfo disseram que o cabo do punhal era cravejado de diamantes?

– Sim, mas...

– Pois talvez o alvo dele não fosse o punhal e sim os diamantes! São muito mais fáceis de vender em separado...

– Faz algum sentido... – disse Diana.

– Só se for pra você – discordou Bruno. – Eu tô mais confuso do que antes!

– Acompanhe meu raciocínio: digamos que, de alguma maneira, ele soube que mais alguém estava atrás dele por causa do punhal. Lembram-se do que o professor nos disse? "Talvez o culto a Berloch tenha sobrevivido secretamente." E se sobreviveu até os nossos dias? Digamos que eles estivessem atrás do Jean Pierre. Ao perceber que era difícil escapar deles, achou melhor deixar a relíquia para trás e levar apenas os diamantes. Seria mais fácil passar pela alfândega!

– Não entendi o que o hambúrguer tem a ver... – disse Bruno.

– E onde é que o médico entra nisso? – perguntou Caio.

– Na autópsia, é claro! Ele deve ter encontrado as pedras durante o exame. – Os outros ainda tinham cara de quem não estava entendendo. – Gente, o Jean Pierre deve ter *engolido* os diamantes!

CAPÍTULO 10

– Ah, você me desculpe, André – disse Bruno –, mas esta quem não engole sou eu!

– Não, ele está certo – interveio Caio. – Minha mãe falou uma vez que é um macete comum no tráfico de drogas. Os caras botam a droga em sacos plásticos e engolem para recuperar depois que passam de um país para o outro. Às vezes acontece do plástico rasgar e aí... babau! O traficante se dá mal, mortinho da silva.

– Mas será que foi isso que aconteceu? – Diana tinha sérias dúvidas. A versão lhe parecia fantástica demais. – Nesse caso, quem liquidou os dois?

– Isto ainda não sabemos. Mas tenho uma pista.

André tirou do bolso o papel amarrotado e passou-o aos outros.

– Rosenberg Joias. O que tem a ver?

– Acontece, Bruno, que este papel estava na mão do dr. Otávio no momento de sua morte. Acredito que ele esteve neste lugar tentando vender os diamantes. Se a gente quiser descobrir alguma coisa, vai ter que fazer uma visita a esta joalharia.

– Alto lá! "Se a gente quiser", uma conversa! Esses caras, sejam quem forem, são muito perigosos, e bundinha que mamãe passou talco não tá aqui pra levar tiro, não! – protestou Bruno.

– E como a gente vai saber onde fica essa loja? – perguntou Caio.

– Já me dei a esse trabalho – disse André. – Uma olhadinha na internet resolveu tudo. Simples.

Pelas roupas, a moça que entrou na Rosenberg Joias poderia ter uns vinte e poucos anos. A maquiagem era até um pouco exagerada. Vista mais de perto, no entanto, não parecia ter mais de catorze.

– Boa-tarde, senhorita – disse o velho joalheiro, olhando-a com alguma desconfiança. – Saul pode ajudar em alguma coisa? Gostaria de algo especial?

– Ahn... – mastigando chiclete, Diana olhou em volta. Joias para todos os lados! Por trás dos grandes óculos escuros, seus olhos brilharam. – Gostaria de ver algumas joias.

– Joias? Disse joias? Pois veio ao lugar certo: isto aqui é uma joalharia... Quer ver colares, pulseiras, anéis?

– Todos.

Saul sentiu que era uma daquelas clientes que dão trabalho. Começou por mostrar-lhe um colar de pérolas. Diana pediu para experimentar. Colocou-o no pescoço e o joalheiro trouxe-lhe um espelho.

– Que tal ficou, senhorita? Maravilhoso, não é mesmo?

– Lindo! Qual é o preço?

Quando Saul disse quanto custava, ela quase engoliu o chiclete.

– Nossa! Se eu chegar em casa com um negócio desses, minha mã... digo, meu marido me mata!

Por pouco não traía um disfarce tão convincente. Ainda bem que lhe ocorreu a história do marido!...

– Tão jovem e já casada? Perdoa Saul, senhora, por favor, ele a estava chamando de senhorita... Noto que a senhora não está usando aliança. Terá perdido, talvez? Temos aqui uns modelos lindos...

– Tudo bem, tudo bem. Não tem importância. Uma beleza o colar! Tem outros?

Do outro lado da rua, André e Caio observavam atentamente a loja. Naquele momento, André dava uma bronca no amigo.

– Quando você falou que ia trazer um binóculo, pensei que fosse um de verdade! Este aí deve ser de quando você tinha sete anos...

O ROUBO DO PUNHAL SAGRADO

– Oito. Meu pai me deu na primeira vez que a gente foi ao estádio. Tá bom, a lente é de plástico e tá meio arranhada, mas foi o que deu pra arrumar assim nessa pressa toda...

– O que eles estão fazendo?

– Estão conversando. O velho já mostrou a ela quase metade da loja e está começando a ficar com cara de chateado. Eu acho que ela gostou tanto que até esqueceu o que foi fazer lá.

Caio passou o binóculo ao amigo.

– Já pensou se ela quiser mesmo uma pulseira daquelas no dia dos namorados?

– Nem me fale uma coisa dessas! Só de pagar o lanche da galera, quase fui à falência!

Na loja, a menina disfarçada lembrou-se da missão e resolveu que já era hora de chegar ao assunto. A peruca loura, que a mãe tinha usado numa festa, fantasiada de Marilyn Monroe, estava incomodando. Ia partir pro ataque direto. Se o joalheiro tivesse mesmo alguma relação com os crimes, certamente deixaria transparecer alguma coisa.

– Tudo muito bonito, tudo muito bacana, mas ultimamente, depois que voltei de Paris, ando mais interessada em diamantes. A propósito, o senhor já ouviu falar nos diamantes de Berloch?

O homem empalideceu. Ficou da cor de uma folha de papel. Papel branco. Dava para se perceber um leve tremor no lábio inferior.

– Como... como disse, senhorita... senhora? Berloch?... Não, nunca ouvi falar... Claro que não... Se tivesse ouvido certamente me lembraria... É alguma nova banda de rock?

Diana puxou-o pela gravata até o rosto ficar a menos de um palmo do dela. Tinha visto aquilo na TV. Era assim que a atriz fazia quando queria intimidar alguém. Na TV sempre dava certo.

– Bem, se o senhor não sabe, talvez eu esteja na joalharia errada. Tchauzinho!

Saiu da joalharia, caminhando com aquele ar de quem não tem nenhuma intimidade com salto alto.

– Atenção – disse Caio, olhando pelo binóculo, que era completamente desnecessário àquela distância –, ela acaba de sair. Vamos ver qual vai ser a reação do joalheiro!

Logo depois, saiu da loja um homem muito alto. Tinha cabelos grisalhos e usava terno cinza. E passou a seguir a menina a alguma distância.

– Depressa, Caio! Precisamos ir atrás deles! Se esse sujeito é quem estou pensando, ela está correndo perigo! – Mais uma vez, André lembrou-se do aviso da cigana. – Se ele se aproximar demais, nós entramos em ação!

– Entramos em ação, como? Olha só o tamanho do cara!

– Podemos gritar feito malucos, morder a canela dele, sei lá. Vamos!

Pelo reflexo em uma vitrine, Diana percebeu que estava sendo seguida. O plano estava dando certo! De repente, o sorriso morreu em seu rosto e um calafrio percorreu sua coluna. Dando certo? E se o sujeito fizesse com ela o que tinha feito com o médico? A ideia fez suas pernas tremerem! Cadê os meninos que ela não via? Malucos! Malucos eles, maluca ela por aceitar fazer parte daquele plano maluco! Bem tinha feito Bruno que tinha ido pra casa, e agora devia estar no bem-bom, jogando videogame e comendo batata frita, sem nenhum maníaco no seu encalço!

Sem deixar de segui-la, o grandalhão sacou o celular:

– Está disfarçada – disse, assim que alguém atendeu –, mas tenho certeza de que é a mesma que esteve na casa do francês.

– Como terá chegado até a loja? – perguntou o interlocutor.

– São mais espertos do que eu imaginava. Bem, o que importa agora é que seja silenciada... discretamente.

CAPÍTULO 11

Diana percebeu que o perseguidor tinha apertado o passo. Ai, minha mãe, pensou, e os meninos, onde se meteram? Malditos saltos altos, que não deixavam que andasse mais rápido!

Faltava pouco mais de quinze metros para alcançar a presa, quando o criminoso sentiu que alguém o segurava pelo braço.

– Quer que leia sua sorte, senhor?

Virou-se com raiva para a moça de saia colorida e lenço na cabeça.

– Largue o meu braço.

– Deixe ler a sua mão. Cobro barato.

– Já disse para me largar! – ficou surpreso com a firmeza com que a cigana o segurava. Empurrou-a rispidamente. Por pouco ela não perdeu o equilíbrio.

– Não quer saber a sua sorte, senhor?

Sem responder, o homem seguiu em frente. Andava rapidamente, olhando ansioso por sobre as cabeças das pessoas que passavam. Mas era tarde. Tinha perdido a presa de vista!

Observando-o de longe, a cigana murmurou:

– Pois eu digo assim mesmo: vai ter muito azar, senhor, muito azar...

– Você viu? – perguntou Caio. – Diana entrou na loja e o brutamontes passou direto. Mas foi só porque aquela moça o distraiu!

– É a cigana!

– Que cigana?

– A tal de que lhe falei! – disse André, agitado. – A que leu a mão de Diana! Mas o que ela está fazendo aqui? O que tem a ver com o caso?

– Eu é que sei? Mas a gente tá devendo essa a ela!

– Vamos fazer o seguinte: você vai atrás dela enquanto eu sigo o cara.

– E Diana?

– Está fora de perigo. Pelo menos por enquanto. Mais tarde a gente se encontra!

André acreditava que, tendo perdido a pista, o homem fosse voltar para a joalharia. Mas se enganou. O criminoso deu outro telefonema e seguiu a pé por vários quarteirões. Ainda bem. Se tivesse tomado um táxi ou um ônibus, André ia ficar com cara de bobo. Finalmente viu quando o sujeito entrou num prédio comercial. Esperou do lado de fora para não ser visto. Na fila do elevador, o homem esperava impaciente. Logo que ele tomou o elevador, André entrou e aproximou-se do porteiro.

– Por favor, o senhor viu um homem muito alto, de terno cinza, entrar aqui?

– Acabou de subir.

– Pra onde ele foi?

O porteiro olhou desconfiado.

– Por que quer saber?

– É que... – O cérebro de André trabalhava a toda a velocidade, procurando uma boa desculpa. – É que ele tomou um refrigerante ali no bar e esqueceu de pegar o troco.

– Ah, é só isso? Deixa pra lá, menino. Esqueceu, esqueceu. Bota no bolso.

– Isso não estaria certo. O troco é dele. Minha mãe é dona do bar e me ensinou a ser muito honesto, muito correto com essas coisas!

– Você é quem sabe. Olha, o grandão trabalha no vigésimo

O ROUBO DO PUNHAL SAGRADO

andar, na Sinal Corretora de Valores. Acho que é segurança, uma coisa assim. Sei lá. Não é da minha conta. Mas com um tamanho daqueles não dá pra confundir com outra pessoa.

– Obrigado.

André esperou o elevador. No vigésimo andar, foi fácil localizar a tal corretora. Na recepção, uma moça lixava as unhas. O menino empurrou a porta de vidro e entrou.

– Oi!

– Oi. Posso ajudar?

– Ouvi dizer que estão precisando de boy. É aqui?

– Aqui? Não. Não que eu saiba.

– Aqui não é companhia de seguros?

– Não, aqui é corretora de valores – ela sorriu. O menino devia ter descido no andar errado. – Tem umas companhias de seguros aqui no prédio, sim, mas em outros andares. Você vai até lá embaixo e pergunta ao porteiro.

André olhou em volta, fez cara de admirado.

– Puxa, bacana aqui, né? Você trabalha aqui há muito tempo?

– Dois meses. A outra menina foi mandada embora. Parece que era muito perguntadeira. O pessoal daqui não gosta de quem faz muita pergunta.

– Ah, é? Por quê?

– Sei lá. Nem quero saber. Eu quero é o meu no fim do mês.

– E nada de pergunta.

– Pois é. O serviço é fácil. Fico aqui de bobeira, atendo o telefone de vez em quando, essas coisas. O dono mesmo, nem sei que cara tem. Chega antes de mim, sai sempre depois.

– E você não acha esquisito?

– Esquisito é. Mas emprego tá difícil. E eu já trabalhei em lugares mais esquisitos. Fábrica de esqueleto de plástico, por exemplo. Pra consultório médico, aula de ciências, sabe? Aquilo, sim, era esquisito! Por mim tá tudo muito bom. Aqui o pessoal tem mania de fazer reunião de noite. Às vezes, quando eu estou saindo é que eles começam a chegar. Gente importante, sabe?

– Eu vi passar um cara altão, parecia um jogador de basquete...

– Ah, esse. O "Frank" – baixou a voz. – Se eles souberem que chamo ele assim, me botam na rua. Mas não parece direitinho o monstro do filme *Frankenstein*?

– Ele trabalha aqui?

– Mais ou menos. Acho que trabalha. Nem vem todo dia. Quando vem, entra direto, às vezes nem cumprimenta. Me dá até medo! Fica lá um pouco com o chefão, depois sai.

André abriu a porta. Acenou para a recepcionista.

– O papo tá bom, mas tenho que ir.

– Boa sorte no lance do emprego.

– Emprego?

– É, o de boy...

– Ah, tá. Obrigado.

– Você é muito simpático, sabe? – disse ela, sorrindo como se estivesse num anúncio de creme dental. – Se tivesse uns cinco ou seis anos a mais...

Quando André saiu do prédio, o porteiro, que lia o caderno de esportes do jornal, olhou para ele com alguma pena. Um trabalhão só para entregar o troco, que menino mais bobo...

Como haviam combinado, encontraram-se mais tarde. Caio estava meio chateado porque tinha sido driblado pela cigana.

– Não dá pra acreditar, cara! Com aquela blusa vermelha, aquela saia colorida, chamando mais atenção do que sirene de ambulância, e não consegui ver pra onde ela foi! Acho que não saí à minha mãe. Não dou mesmo pra esse negócio de detetive!

O ROUBO DO PUNHAL SAGRADO

Diana, agora sem "disfarce", havia ficado surpresa ao saber que, sem perceber, havia sido ajudada pela cigana.

– A mesma que me avisou que eu correria um grande perigo! Que coisa estranha!...

Dos três, André tinha sido o mais bem-sucedido ao seguir "Frank".

– Cinco minutos de papo com uma recepcionista tagarela me convenceram: é no tal escritório que se encontra a chave do mistério!

– Vamos avisar à polícia?

– E vamos dizer o quê? Que a gente desconfia que tem alguma coisa estranha por lá? A polícia também não pode ir invadindo assim, sem mais nem menos. E se não encontrarem nenhuma prova de nada? A gente ainda nem sabe direito o que está realmente acontecendo... – disse André.

– É. Já basta o vexame do detetive Brito – ponderou Caio.

– Foi um dia cansativo, gente. Aqueles saltos altos me mataram. E eu não fiz uma linha do trabalho de geografia.

– Ih, nem eu!

– Que tal se a gente conversasse amanhã, depois da aula?– propôs André.

– Combinado.

– Você falhou. – A voz ao telefone era tão fria que nem chegava a transparecer irritação. – Foi despistado por uma menina.

– Por favor, sumo sacerdote! Eu nunca falhei antes. Alguém me atrapalhou, foi um imprevisto...

– Sabe o que acontece com quem falha em nossa irmandade?

– Sim, claro. Sou eu quem costuma cuidar destes casos. E cuido definitivamente. Para sempre. Mas peço uma chance. Só uma. Já descobri até onde a menina mora. É filha da namorada do francês... – A voz de "Frank" parecia a de uma criança choramingando.

– Vai ter sua chance. Apenas porque talvez tenha sido melhor que ela esteja viva. E o que você tem a fazer pode ser muito mais importante do que imagina! Afinal, hoje é o dia que tanto esperamos!
– Diga e obedecerei.
– Terá que agir à noite. E tudo dentro do tempo previsto. Nenhuma falha, nenhuma demora. Qualquer atraso será o último da sua vida. Preste muita atenção às minhas instruções...

Ângela andava de um lado para o outro, ansiosa.
– Olha, filha, já disse mil vezes que não quero você metida em confusão. E eu sou tolerante à beça, não sou? Sou uma mãe moderna. Leio tudo que é revista feminina. Já falei alguma coisa contra esse seu namorinho com o André, falei? Tudo bem, falei uma ou duas vezes. Mas uma coisa é vocês passearem, se divertirem, outra é se meterem numa barafunda com polícia, cadáveres, sei lá que mais!
Diana teve vontade de dizer que não era ela quem tinha arrumado um namorado que era ladrão internacional e sem o qual não teriam sido envolvidos naquela história. Mas ficou de bico calado. Era mais prudente. Além do mais, sabia que o humor de Ângela mudava com muita rapidez. Dali a pouco já estaria toda sorridente, falando de um assunto totalmente diferente.
Não deu outra:
– Ah, te contei? Consegui vender a casa em Botafogo. Aquela. O elefante branco. O pessoal da imobiliária está supersatisfeito comigo!
– Puxa, mãe! Enfim, uma boa notícia! Meus parabéns!
– É uma ocasião para se comemorar, não acha?
– Acho. Pizza?
– Meia muzzarela, meia calabresa. E com guaraná!
– Oba! Me passa aí o telefone, mãe!

O ROUBO DO PUNHAL SAGRADO

O entregador da pizzaria parou a moto em frente ao prédio. Desceu e procurou o papel para conferir o endereço. Não chegou a se aperceber quando o homem alto, de terno cinza, se aproximou por trás dele. Nem houve tempo para um grito.

– Entrega para o apartamento 313.

Seu Bené conferiu pelo interfone. Estava certo, era mesmo para dona Ângela. Deixou o homem entrar. Puxa vida, nunca tinha visto um entregador de pizza tão alto. E já meio maduro. A jaqueta da pizzaria parecia ridiculamente curta e apertada.

Indicou ao homem onde ficava o elevador. O outro veio se aproximando e, antes que o porteiro pudesse reagir, apertou-lhe contra o nariz um lenço embebido em clorofórmio. Seu Bené sentiu a vista nublada. E mais nada.

Quando Ângela abriu a porta e se deparou com o enorme entregador, percebeu logo que havia algo errado. Mas o homem foi mais rápido. Agiu com ela do mesmo modo que com o porteiro e com o verdadeiro entregador. Ângela desabou ali mesmo, junto à porta.

Ouvindo o barulho, Diana veio da cozinha para saber o que estava acontecendo.

– Mãe, o que...

Reconhecendo "Frank", deu um grito. Só então percebeu a mãe desmaiada. Correu para o quarto, seguida pelo brutamontes e fechou a porta. Trêmula de medo, ouviu os pesados passos se aproximando. Percebeu que paravam diante da porta. Alguns segundos de silêncio fizeram com que ela prendesse a respiração. O homem forçou a maçaneta. No segundo puxão, ficou com ela na mão. Atirou-se então com o ombro contra a porta, tentando arrombá-la.

Dentro do quarto, Diana, com o celular na mão, tentava ligar para André. Por sorte não ouviu a famosa mensagem "o telefone está desligado ou fora de área". Chamou uma, duas, três vezes.

– Atende, por favor! Por favor! Atendeee!

Finalmente ouviu a voz do menino. Mas a porta, atingida sucessivas vezes, estava quase vindo abaixo. Ele jamais conseguiria chegar a tempo!

– Ele está aqui, André! Ele está aqui!

– Ele quem, Diana?! Quem está aí? – Do outro lado era possível ouvir o barulho das pancadas contra a porta.

– O assassino do terno cinza! Só que agora está com uniforme de pizzaria! Ele está...

Nesse momento a porta cedeu com um estrondo. A enorme silhueta recortou-se contra a luz vinda de fora e avançou em sua direção.

CAPÍTULO 12

André saiu disparado do elevador do seu prédio, quase atropelando Caio que vinha entrando.

– O que foi, André? Pra que esta correria toda?!

– Vem comigo! No caminho eu explico!

Pegaram um táxi e André deu o endereço de Diana. Contou ao amigo sobre o telefonema recebido. Em seguida ligaram para Bruno.

– Quer que eu vá me encontrar com vocês lá? – perguntou o amigo.

– Espere! Vou te dar outro endereço. É só um palpite, mas torçam pra eu estar certo, porque a vida de Diana está em jogo!

Ditou o endereço e pediu para Bruno repetir.

– Tudo bem – disse Bruno. – Vou arranjar uma desculpa pra sair de casa e vou voando! Que endereço é esse?

– É o edifício onde fica a tal corretora de valores! Fique apenas vigiando! Acho que é pra lá que ele vai levá-la!

– Valeu! Tô indo nessa!

Quando André e Caio chegaram ao prédio de Diana, seu Bené estava sendo reanimado por alguns moradores que o haviam encontrado caído na portaria. Mas ele, sob os efeitos do clorofórmio, ainda não era capaz de falar coisa com coisa.

– .. a pizza... ficou tudo escuro... a roupa era curtinha, curtinha...

Os meninos resolveram correr até o apartamento 313, sem esperar o elevador. Encontraram Ângela, ainda sem sentidos, junto à porta entreaberta.

– Ela parece bem. Só está desmaiada – verificou Caio.

André foi até o quarto de Diana. A dobradiça de cima da porta quase tinha sido arrancada pelo impacto. A desarrumação e o número de coisas quebradas revelavam que a menina havia esperneado bastante, antes de ser dominada. Nesse instante soou o celular de André.

– Alô!

– É o Bruno, cara! Você estava certo! O flanelinha que faz ponto em frente ao prédio disse que viu chegar o grandão num carro dirigido por um baixote, como já tinha visto outras vezes. Mas hoje ele estranhou porque o grandão estava no banco de trás e do lado dele havia uma menina que parecia estar dormindo. Entraram direto pela garagem. Que é que eu faço agora?

– Não saia daí! Já estamos indo!

Passou pela sala, Caio dava um copo de água a Ângela. Ela parecia, lentamente, tomar consciência do que tinha acontecido.

– Meninos... O que... estão fazendo... aqui? O... entregador... Diana!

– Desculpe, dona Ângela, mas nós temos que ir! A gente manda alguém vir tomar conta da senhora! Vamos nessa, Caio!

– Meninos... voltem aqui... Meninos!

CAPÍTULO 13

André e Caio encontraram Bruno próximo ao edifício e procuraram uma área pouco iluminada para que pudessem observar sem serem vistos. Depois de alguns ansiosos minutos de espera, viram que começava um movimento incomum, para aquele horário, num edifício comercial. Pouco a pouco chegavam várias pessoas e entravam no prédio. A maioria delas vinha em carros com motoristas particulares que as deixavam em frente à entrada e seguiam adiante.

– Olha lá! – disse Bruno. – O careca! Tenho certeza de que já vi aquela cara na televisão.

Caio também reconheceu um dos recém-chegados.

– O de trás é um político, como é mesmo o nome dele? Um vereador...

– O que estarão fazendo aqui? – perguntou André.

– Talvez façam parte do culto a Berloch. Este pessoal...

– Precisamos ver isto de perto.

André propôs então que usassem uma manobra diversionista.

– Diversi o quê? – perguntou Caio.

– Diversionista. Você vai lá, distrai o porteiro, enquanto nós entramos.

– E o que é que eu digo pra ele?

– Sei lá. Inventa. Diz que está procurando sua tia que trabalha no prédio e não voltou pra casa. Diz qualquer coisa.

Meio receoso, Caio foi até a entrada. Empurrou a porta, que abriu sem resistência. Parou em frente ao porteiro, mas não disse nada. Inclinou-se para a frente, sem uma palavra, e ficou olhando para o homem. Este também não se moveu. Bruno e André esperavam ansiosamente. Para estranheza dos dois, Caio fez meia-volta e saiu de novo.

– O que é que houve, cara? – perguntou André quando ele se aproximou. – Não conseguiu inventar nada?

– Não é isso. É o porteiro. Falei com ele e não respondeu. Está com uma cara muito esquisita. Venham ver só.

Foram. De fato, o porteiro estava com uma aparência meio estranha. Estático, os olhos parados, como se não os enxergasse. André acenou com a mão diante dos seus olhos. Nem uma piscadinha.

– Parece estar numa espécie de transe.

– O que terá havido?

– Sei lá, mas facilitou as coisas pra nós. Vamos subir.

Certamente, várias pessoas preferiam que ninguém soubesse da sua presença ali naquela noite. Os meninos suspeitaram que alguém tivesse hipnotizado o porteiro, de modo que ele fosse incapaz de se lembrar até mesmo daqueles que tivessem passado diante dos seus olhos. Mas não havia tempo para ficar discutindo o assunto. Apertaram o botão de chamada do elevador.

– E se alguém estranhar que o elevador tenha sido chamado? Podem ouvir o plim... – quis saber Bruno.

– É um risco a correr. Você não vai querer subir vinte andares pela escada, vai? Mas vamos descer dois andares antes do escritório para diminuir a possibilidade de que ouçam o barulho – disse André.

Foi o que fizeram. Desceram no décimo oitavo e procuraram as escadas. Viram uma seta que indicava onde ficavam, seguindo o corredor pouco iluminado e dobrando à direita. Não haveria problema, foi o que pensaram. Mas logo que Bruno, à frente, virou à direita, um par de mãos surgiu da penumbra e o agarrou.

CAPÍTULO 14

A voz do sumo sacerdote quebrou o silêncio do ambiente.
– Sejam bem-vindos, irmãos. Esta é uma noite gloriosa para nossa irmandade. Salve, Berloch!
– Salve! – responderam os demais, em coro.
Ninguém poderia suspeitar, olhando de fora, que ali, em plena Zona Sul do Rio de Janeiro, num moderno edifício, se reunissem os adoradores de um antigo e sanguinário deus. A recepção era semelhante à de qualquer conjunto de salas comerciais. Dali passava-se a um escritório comum, sem nada que pudesse atrair a atenção. Mesas, computadores, telefones. À direita da entrada via-se uma porta alta, de folha dupla. Num dos lados podia-se ler: "SALA DE REUNIÕES" Nem a recepcionista, que passava o dia inteiro sentada à mesa fronteira ao corredor, tinha acesso a essa sala, mantida fechada na maior parte do tempo. Como imaginar o que se escondia atrás daquela porta?
– Hoje, finalmente, nosso mestre retornará! E começará nosso reinado sobre a Terra. O momento que tanto esperamos está próximo, irmãos! E ai de quem se atravessar no nosso caminho! Glória a Berloch!
– Glória!
– Glória!

– Shhh! Não façam barulho.
– O que você está fazendo aqui? – perguntou André à cigana, enquanto Bruno esperneava.
Vendo que o amigo tratava a moça com familiaridade, Bruno

percebeu que não havia perigo e parou de se debater. A cigana tirou devagar a mão que tampava sua boca.

– Você conhece esta maluca? – Foi a primeira coisa que disse, logo que se viu livre.

– Não exatamente. Mas já a vi antes. E você – dirigiu-se à moça – não respondeu a minha pergunta. Aliás, quem é você? Como chegou aqui?

– Falem baixo. Eu cheguei do mesmo modo que vocês. Venho seguindo o grandalhão há algum tempo. Isto aqui – fez um gesto com ambas as mãos de cima para baixo ao longo do corpo – é apenas um disfarce. Meu nome é Letícia. Eu trabalho para a Organização.

– Organização? Que Organização?

– Somos um grupo internacional. Digamos que nós... cuidamos de coisas que nem a polícia, nem os serviços secretos sabem que acontecem. E se soubessem, não acreditariam.

– Como o caso do punhal sagrado de Berloch, por exemplo – disse André.

– Exato. Dificilmente alguma instituição oficial acreditaria que é tudo verdade.

– Tudo o quê?

– Tudo. A história do sacrifício. Os poderes sobrenaturais do punhal. A encarnação de Berloch...

– Bem, gente, acabo de lembrar que não fechei direito a torneira da pia...

– Espere aí, Bruno. Nós temos que saber o que está acontecendo. Quem são esses caras?

– São fanáticos, seguidores de Berloch. Os herdeiros do antigo culto. Há muito esperam por esta noite, a grande noite do poder.

– Pois pra mim parece uma noite como outra qualquer – disse Caio.

O ROUBO DO PUNHAL SAGRADO

A falsa cigana prosseguiu:

– Hoje, precisamente às nove horas, os astros estarão no alinhamento ideal para que os poderes da relíquia cheguem ao máximo de seu potencial. Eles precisam realizar o sacrifício na hora exata, senão terão que esperar mais cinquenta anos. Esta é a noite em que o espírito de Berloch poderá voltar à Terra no corpo de um mortal!

– E então...

– De posse desse corpo, Berloch comandará os seus seguidores para que dominem o planeta.

– Essa não! – Bruno parecia a ponto de sair correndo.

– A Organização precisa impedi-los. Por isso, Jean Pierre entrou no jogo.

– Jean Pierre era um de vocês?

– Não, só há um outro membro da Organização envolvido neste caso além de mim. Nós somos poucos. Jean Pierre foi contratado por nós para roubar o punhal.

– Mas roubar não é um método... digamos assim, pouco honesto?

– Não tínhamos outro jeito. Precisávamos chegar ao punhal antes da seita. Principalmente porque, segundo a lenda e nossas pesquisas, o dia da reencarnação estava muito próximo. Quando descobrimos que a relíquia tinha sido encontrada e estava em poder de um colecionador, não podíamos simplesmente pedir a ele que nos desse o punhal. Nem adiantava lhe dizer o quanto isto era importante, porque ele já conhecia a lenda, mas não acreditava nela. Além disto, os membros da seita também tinham feito, antes de nós, uma tentativa de roubar o punhal, mas não conseguiram entrar na casa, porque foram impedidos pelos seguranças. Assim, para alcançar nosso objetivo, precisávamos de alguém muito experiente, um especialista, o que nos levou a Jean Pierre.

– Então Jean Pierre não o roubou pelo valor das pedras...

– Bem, não tenho tanta certeza. Afinal, era um ladrão. Nós adiantamos para ele metade do valor combinado. Na verdade, fez um belo serviço. Mas talvez tenha falado demais, deixado alguma pista, comentado com alguém, não sei. O fato é que foi localizado pela seita, que talvez nem soubesse que existia. Parece claro agora que a Organização errou em não lhe contar toda a história. Ao se sentir perseguido, em vez de nos entregar a relíquia como acertado, tentou negociar com os fanáticos. Quando percebeu o quanto eram perigosos e que não queriam acordo, achou que, se deixasse o punhal para trás, não seria molestado. Foi um engano, como vocês já sabem. E, para piorar, ainda tentou enganá-los, para aumentar seu lucro na operação: trocou mais da metade das pedras por imitações. Achava que até eles perceberem, já estaria longe do país. Mas pegaram o punhal na casa dele e o mataram no aeroporto...

– Quebrou a cara outra vez. Babau!

– Depois o legista encontrou os diamantes durante a autópsia e também quis se dar bem. Só que o azarado foi direitinho pra boca do lobo. E isso é intrigante. Não pode ser apenas coincidência. Talvez tenha sido influenciado pelo poder de Berloch...

– Poder de Berloch? – perguntou Caio. – Você acredita mesmo nesse negócio? No tal deus esquisito, na sua volta...

– Não acredita? Pois já aconteceu antes. Átila, o rei dos hunos, e Adolf Hitler foram encarnações de Berloch! Por sorte da humanidade, não chegaram a realizar tudo que pretendiam... Felizmente, cada vez que um hospedeiro morre, o espírito de Berloch volta ao limbo e precisa aguardar as condições para reencarnar outra vez. Creio que a ideia deles era a de sacrificar um dos próprios membros da seita, que se ofereceria voluntariamente, como nas encarnações anteriores. Mas, na última hora, apareceu uma pessoa mais jovem, com possibilidade de encarnar o deus do Mal por mais tempo.

Subitamente, uma luz brilhou na mente de André.

– Você não está nos dizendo que a pessoa escolhida para o sacrifício atual é...

– Infelizmente, é sim – confirmou Letícia. – Se não os detivermos, Diana será a próxima encarnação de Berloch!

CAPÍTULO 15

– Então, o que estamos esperando? Vamos impedi-los! – André ia começar a subir a escada, mas a falsa cigana o deteve, segurando-o pelo pulso.

– Espere aí, menino! Está pensando que é super-herói? Eles são perigosos!

– Ficar parado é que eu não vou!

– Precisamos de reforços.

– Isto mesmo. Cadê o resto da sua Organização?

– Já disse que somos poucos – respondeu a moça com um certo desânimo na voz.

– Então você esperava impedir o ritual sozinha? – perguntou Bruno.

– Sim, nem que tivesse que provocar um incêndio ou coisa parecida.

– Bem, pelo menos agora pode contar com a gente. Não sei se ajudamos ou atrapalhamos, mas...

A moça sorriu.

– Tem razão. De um jeito ou de outro, somos uma equipe agora. Você – ela apontou para Caio – vai avisar à polícia.

– Eu?

– Liga para sua mãe, cara – disse André. – Se for você, ela vai ter certeza de que não é trote.

– Mas o plantão dela foi de dia. Ela deve estar em casa agora. Vendo novela. E danada da vida comigo porque saí sem avisar pra onde ia!

– Liga assim mesmo – insistiu André. – Diz pra vir com uma equipe bem armada. Conta só a parte do sequestro, senão ela vai achar que você endoidou de vez. Se os fanáticos forem apanhados em flagrante, os policiais vão ter que acreditar na nossa história! É melhor você esperar por eles lá embaixo. E anda rápido, senão pode ser tarde demais para Diana!

Rapidamente, Caio desceu mais dois andares, para poder chamar o elevador sem risco de ser ouvido.

– E nós?

– O homem do terno cinza, o executor do grupo, está na recepção. Na certa, armado. Precisamos passar por ele. Ou tirá-lo de lá – disse Letícia.

– E como é que vai ser isso? – perguntou Bruno. – Chegamos lá, pedimos licença com toda a gentileza...

André fez sinal para que fizessem silêncio. Subiu as escadas o mais silenciosamente que pôde. Examinou o corredor com os olhos. Desceu novamente e falou para os outros em voz baixa:

– Tive uma ideia.

Como era de esperar, àquela hora não havia movimento no corredor em frente à recepção da Sinal Corretora de Valores. Mas o homem alto sentado à mesa mantinha-se firme em seu posto como um fiel cão de guarda.

Inesperadamente, surgiu correndo um menino de óculos, que parou diante da porta de vidro e bateu repetidas vezes, com jeito aflito. O grandão levantou-se, entreabriu a porta e perguntou:

– O que é?

– Moço, eu acho que está pegando fogo no armário das vassouras! Está saindo uma fumacinha por baixo da porta! Venha ver só!

Talvez tenha sido a cara exageradamente desesperada de

O ROUBO DO PUNHAL SAGRADO

Bruno. O fato é que o criminoso, ainda que estranhando sua presença, resolveu acompanhá-lo e dar uma olhada. O armário ficava num vão sob a escada e servia para guardar materiais de limpeza, tinta e outras bugigangas.

Ao se aproximar, o sujeito perguntou:

– Cadê a fumaça? Não vejo fumaça nenhuma! E o que você está fazendo aqui a esta hora?... – De repente deu-se conta de que havia algo errado. – É uma armação! – gritou, enfiando a mão sob o paletó e sacando uma pistola.

A porta do armário abriu-se bruscamente, atingindo-o no ombro e na cabeça. A arma escapou-lhe da mão e caiu a pouca distância. Em seguida, Letícia, que, junto com André estava dentro do armário, esguichou em seus olhos o conteúdo de um borrifador de desinfetante. Urrando como um animal, o criminoso esfregava os olhos com uma das mãos e agitava a outra no ar, tentando atingir algum dos adversários. A moça, que estava mais próxima, não conseguiu se desviar a tempo e foi lançada contra a parede, batendo com a cabeça e caindo ao chão do corredor. Usando o cabo de um esfregão, Bruno acertou a parte de trás das pernas do grandalhão. Mesmo assim, caído de joelhos, ele continuou tateando o chão em busca da pistola. No instante seguinte, André atingiu sua cabeça com uma lata de tinta e o homem desabou de cara no chão. Com a pancada, a tampa da lata, que estava mal fechada, se abriu e a tinta amarela escorreu por sua cabeça e pelo paletó.

– Nocaute! – comemorou Bruno.

Ao perceber que Letícia também não se movia, André ajoelhou-se ao lado dela.

– Ela morreu? – perguntou Bruno.

– Vira esta boca pra lá! Está apenas desmaiada. Em poucos minutos estará em atividade novamente.

– É, mas poucos minutos agora é tempo demais pra nós!

– Temos que prosseguir sem ela.

– Tem razão, vamos embora! – apressou-se Bruno. Mas André segurou no seu braço.

– Primeiro temos que dar um jeito neste bandido. Sabe-se lá o que ele fará se acordar antes dela...

Deu uma rápida busca no armário de vassouras, procurando algo com que pudesse amarrar o criminoso. O melhor que pôde encontrar foi uma extensão elétrica.

– Isto deve servir.

Com o auxílio de Bruno, usou o fio para amarrar as mãos do homem às costas.

– Pronto!

Bruno viu a pistola de Frank caída no chão. Teve uma ideia, mas hesitou dois segundos antes de propô-la em voz alta:

– É melhor levar isto.

– Tá louco? – espantou-se André. – Vai que isso dispara!

– É, mas você pensa que vai salvar Diana com o quê? No grito? Ou na conversa: "Boa-noite, vim buscar minha namorada, a gente combinou de pegar um cineminha hoje...?"

– Mas eu nem sei usar esse negócio!

– Nem eu, mas eles não sabem que a gente não sabe! Vamos que o tempo voa!

Passaram pela recepção e entraram numa sala onde não havia ninguém. Mas ouviram uma voz em alto volume, vinda da sala de reunião. Colaram o ouvido na porta.

"... esta preciosa relíquia, este objeto de poder há tanto tempo guardado, nos levará, no tempo devido, ao trono do mundo!"

André notou algo de familiar naquela voz, ainda que esti-

O ROUBO DO PUNHAL SAGRADO

vesse um pouco abafada, mas não conseguia se lembrar de onde já a tinha ouvido

– Não vai dar tempo do Caio chegar com a polícia! – sussurrou Bruno.

Uma rápida olhada para o relógio mostrou a André que o amigo tinha razão.

– Faltam seis minutos!

– Temos que fazer alguma coisa!

Bruno tentou ouvir novamente o que se dizia na sala de reunião.

– O tal sujeito está falando agora numa língua esquisita, que eu nunca ouvi!

André sentiu o peso da pistola na mão.

– E se a gente detonasse a fechadura com um tiro?

– Acho que não vai ser preciso – disse Bruno, girando a maçaneta. – Não está trancada.

CAPÍTULO 16

O sumo sacerdote invocava Berloch em sua antiga língua. De pé, à frente do corpo estendido de Diana, erguia os braços para o céu, implorando pela presença do cruel deus. Os outros emitiam sons de aprovação, mas nem se podia dizer que fossem, de fato, palavras. O volume das vozes aumentava. As fisionomias pareciam transfiguradas. Pouco a pouco, o ambiente ia sendo tomado pela fumaça. Na parede, o ponteiro de um antigo relógio, ornado por espantosas imagens, avançava implacavelmente. Então, aguardando o exato minuto, o sumo sacerdote ergueu o punhal sagrado de Berloch, pronto a desferir o golpe mortal. A lâmina, recentemente polida, refletia a luz das velas.

Repentinamente, a porta se abriu. Os olhares de todos os presentes se voltaram para ela. De pé, iluminados por trás, André e Bruno pareciam dois pistoleiros de filme de faroeste. André segurava a pistola com as duas mãos, que tremiam, mas ele esperava que ninguém notasse. Só faltava mesmo a trilha sonora de Ennio Morricone.

– Muito bem, seu sumo sacerdote, ou seja lá que nome tenha! Se mexer este braço, ainda que seja pra se coçar, leva chumbo!

– É um blefe! – gritou um dos presentes.

– Ah, é, é? Quer experimentar, engraçadinho?

O homem calou-se.

– Vocês, meninos! – vociferou o encapuzado. André agora já se lembrava de quem era aquela voz... – Então conseguiram chegar até aqui! Mas não conseguirão sair!

– Quer apostar?

Na verdade, os dois estavam morrendo de medo. A vontade era de sair correndo o mais depressa que as pernas permitissem. Mas estavam tão bambas, que, naquele momento, não permitiam nada... Por outro lado, os olhares de esperança de Diana praticamente os obrigavam a manter a pose de heróis.

– A polícia já está no prédio. Ninguém vai conseguir escapar!

– Estão mentindo! Querem ganhar tempo! – disse o sumo sacerdote.

Ele estava certo. Onde estavam Caio e Jussara que não chegavam?

– Não estamos mentindo! Acham que a gente ia vir sozinha pra cá? A polícia já sabe de tudo! E eu já sei até quem é você!

A firmeza de André apanhou até mesmo Bruno desprevenido. É claro que não devia ser verdade, na certa era parte do jogo para fazer passar a hora do sacrifício...

– Você não sabe de nada!

– Não? Pois quando chegamos aqui, você dizia: "... este objeto de poder, há tanto tempo guardado...". Percebe? Você não disse "há tanto tempo *perdido*" e sim "*guardado*". Foi aí que eu entendi.

– Maldito! Mas você não vai viver o bastante para se vangloriar da sua esperteza!

– Ih, agora o sujeito ficou danado mesmo! – comentou Bruno, em voz baixa, com mais medo ainda. – Espero que você saiba o que está fazendo...

– Tenha calma, Bruno.

Por trás dos meninos surgiu, sem que eles percebessem, a figura de um homem muito alto, de braços abertos, e com a cabeça e o paletó completamente sujos de tinta amarela. Os pulsos feridos revelavam que tinha sido necessário muito esforço para se livrar das amarras e no seu rosto se destacava o brilho assassino do olhar. Com um urro, avançou na direção deles!

CAPÍTULO 17

Letícia despertou com a cabeça bastante dolorida e levou alguns segundos até se dar conta de onde se encontrava. Levantou-se o mais rápido que pôde, apoiando-se na parede.

– Os meninos!

Tinha avançado alguns metros no corredor, quando viu a seta vermelha acima do elevador se acender e ouviu soar a campainha. Imediatamente recuou para perto das escadas e aguardou. Ouviu vozes quando a porta do elevador se abriu e arriscou uma olhada a tempo de ver um grupo de homens armados, liderados por uma moça gordinha e de cabelos compridos, correr em direção à sala da corretora de valores. Seguiam o caminho das pegadas amarelas, como Dorothy em *O mágico de Oz*.

Alertados pelo som atrás deles, Bruno e André viraram-se assustados e se depararam com o homem que haviam julgado fora de combate.

Ouviu-se então uma série de disparos e o criminoso estremeceu. Nos olhos, mais que a dor, a surpresa. Atrás dele, a detetive Jussara e a equipe avançaram, cortando qualquer possibilidade de fuga. Mais ao fundo, Caio acenava para os amigos com o punho no ar.

Para espanto de todos, o assassino não caiu. Cambaleante, avançou passo a passo, com visível dificuldade, e atravessou a sala. Foi como se todos cessassem qualquer movimento próprio para acompanhar o daquele gigante trôpego. Até as respirações pareciam suspensas.

Aproximando-se do encapuzado, estendeu os braços para ele.
– Su... mo... sacer... dote... Sal... ve-me...
Agarrou as vestes do outro que tentou desvencilhar-se. Recuou, mas as mãos enormes voltaram a segurá-lo.
– Não! Não! Tire as mãos de mim! Largue-me!
Deu um passo para trás, dois passos. O ferido avançou, os braços ainda estendidos. E tombou sobre o sumo sacerdote, os vidros da janela se partindo ao peso dos dois. Diante dos olhos de todos, os dois corpos precipitaram-se pela abertura. Cruzaram as luzes dos letreiros de neon, duas marionetes de cordões partidos, no último ato do espetáculo. O relógio marcava pontualmente nove horas. Os astros encontravam-se perfeitamente alinhados, pela última vez naquele século.

– Muito bem, pessoal – comandou Jussara –, desamarrem a moça. Chamem o camburão para levar os distintos presentes.
Olhou para alguns dos membros da irmandade, reconhecendo-os.
– Ora, ora, quem diria? O senhor aqui, vereador Siqueira? E o senhor, dr. Andrade? Que surpresa, dona Kiki de Alencar, socialite tão dedicada à caridade... – disse com ironia. – Bem, vou até a rua, ver o que sobrou dos dois.
Liberta de suas amarras, Diana abraçou longamente André.
– Eu sabia! Sabia que você ia me salvar!
– Ei! E nós? – protestaram Bruno e Caio. – Nós não fizemos nada?!
– Meninos! Vocês são loucos! Mas são os loucos mais corajosos que já conheci!...
De repente, Bruno se deu conta de que faltava alguém naquela comemoração:
– Falando em maluquice... e aquela louca da Letícia? Onde é que ela foi parar numa hora dessas? Será que ainda não acordou?

O ROUBO DO PUNHAL SAGRADO

– Letícia? Quem é Letícia? – perguntou Diana repentinamente em alerta ao ouvir um nome feminino.

– É uma história comprida... – começou André.

– ... e difícil de acreditar – completou Bruno.

– Pois eu quero ouvir! Agora que tudo acabou, vou ter bastante tempo! E ai de você, se essa história não convencer!

Em poucas palavras, André explicou tudo o que podia. Mas Diana ainda levantou uma dúvida: se Letícia estava disfarçada, se não tinha poderes de prever o futuro, como explicar suas palavras no primeiro encontro? André achava que a Organização estava vigiando todos os que tivessem qualquer ligação com o francês e até aquele primeiro encontro tinha sido forçado. Mas só poderia ter certeza perguntando à falsa cigana. O que talvez não fosse mais possível, porque Bruno, que, enquanto o amigo falava, tinha ido dar uma olhada no corredor, voltou com a notícia:

– Nem sombra dela. Sumiu feito fumaça. Você tem certeza de que nós vimos mesmo uma cigana, não vimos? Porque eu estou achando tudo tão estranho que não tenho certeza de mais nada...

De repente levou a mão ao rosto e fez uma expressão de quem se lembrou de algo:

– Espera aí. Tem mais um negócio que eu queria entender, André. Quando aquele compridão chegou, você estava dizendo que sabia quem era o sumo sacerdote... Era só conversa mole pra ganhar tempo ou você sabia mesmo?

– Sabia, Bruno. Fiquei intrigado, porque a voz do sumo sacerdote me pareceu familiar e ele disse que o punhal estava "guardado" e não "perdido" – disse André. – Daí, concluí que o sumo sacerdote era...

– Rodolfo de Freitas – disse Jussara, ao arrancar o capuz do sumo sacerdote – Então era ele.

Os dois corpos haviam se separado na queda. O homem do terno cinza, agora homem do terno amarelo, havia caído sobre um carro estacionado a poucos metros do milionário. Impressionava o número de curiosos que ocupava agora a rua, querendo saber o que estava ocorrendo. A detetive estranhou a ausência do punhal. Seria capaz de jurar que o sumo sacerdote não o havia largado até passar pela janela.

– Alguém aí viu alguma coisa, alguém chegando perto dos corpos, coisa assim?

Algumas testemunhas afirmavam ter visto uma pessoa se aproximar. Era fácil lembrar porque a moça usava uma saia toda colorida, parecia até uma cigana.

A um quarteirão dali, Letícia, ainda massageando com as pontas dos dedos a cabeça dolorida, falava ao celular.

– Sim, está comigo. Mas eu não teria conseguido se não fosse pela ajuda dos garotos. Na verdade, eles fizeram a maior parte do trabalho quando fiquei desacordada. Foram realmente corajosos! Talvez nem avaliem o tamanho do perigo que enfrentaram hoje...

– Traga-o agora mesmo para cá. Vamos dissolver o metal com ácido e dar fim de uma vez por todas ao punhal sagrado de Berloch. É o único elo com o nosso mundo. Assim a invocação jamais poderá ser completada outra vez. As pedras poderão servir a causas mais importantes...

– Sim, senhor, já estou indo.

Do outro lado, o interlocutor pousou o fone no gancho. Depois colocou o cachimbo no cinzeiro.

– Desta vez, Sócrates, o mundo está realmente livre da ameaça de Berloch. Para sempre. Agora bem que merecemos umas fé-

O ROUBO DO PUNHAL SAGRADO

:ias, não merecemos? – Com um miado preguiçoso, o gato an-
:orá concordou, à sua maneira.

Ângela já se encontrava na delegacia, levada por um policial,
quando os pais de Bruno e André chegaram. Convocados pela
mãe de Caio, vinham ansiosos e tomados por uma série de sen-
timentos confusos e até mesmo contraditórios. Sentiam alívio
porque os filhos e seus amigos estavam sãos e salvos, mas também os repreendiam seriamente porque nem imaginavam que os
meninos estivessem envolvidos numa encrenca daquele tamanho. Em resumo, não sabiam se chamavam os garotos de heróis
ou de malucos irresponsáveis.

Alguns repórteres de plantão na delegacia viram aquele grupo de adolescentes e adultos que se abraçavam, falavam alto e
gesticulavam muito e, sentindo que ali poderia haver uma boa
história, se aproximaram e começaram a fazer uma pergunta
atrás da outra.

– É melhor irmos para a minha sala – determinou Jussara,
tentando fugir ao assédio dos jornalistas. – Vai ficar meio apertado, mas...

– Só quero ver a cara do pessoal quando a gente contar tudo
amanhã lá no colégio! – disse Caio, agitando os punhos no ar.

André olhou para ele com expressão bem menos entusias-
mada.

– Pois eu posso até adivinhar: cara de quem não acredita
numa só palavra...

– Mas a gente pode provar! Vamos sair no jornal, não
vamos? Dar entrevista na televisão...

– Nós somos menores de idade, Caio. Nem nossos nomes
vão aparecer. E acho até melhor mesmo que não haja gente demais sabendo que estivemos nesta situação complicada e peri-

gosa. Já imaginou não poder sequer tomar um sorvete sem um fotógrafo por perto? Tudo bem que, se alguém acreditar, poderemos dar uns autógrafos no colégio...

– Posar de heróis para as meninas...

– Pois elas que vão procurar heróis em outra parte, que este cavaleiro aqui já tem princesa para salvar – disse Diana, dando em André um beijo delicado. E discreto. Afinal, estavam sob os olhos vigilantes dos pais.

– Hum... Agora mesmo é que esses dois não desgrudam mais! – comentou Bruno.

– É melhor deixar os dois pombinhos sozinhos. Bem que eles merecem um pouco de tranquilidade – disse Caio puxando Bruno para trás. – Vem cá, tem uma coisa que ainda está me deixando confuso...

– Uma coisa só? Sorte sua. Eu estou confuso com várias coisas.

– Eu me lembro de que a Letícia falou sobre os fanáticos tentarem invadir a casa do milionário. Mas por que fariam isso se ele era o chefe da coisa toda?

– Na certa sabiam que estavam sendo observados pela Organização e montaram essa farsa, tanto para desviar as suspeitas, quanto para fazer com que desistissem de obter o punhal. O que não esperavam é que a Organização contratasse o Jean Pierre... – respondeu Bruno.

– É, faz sentido... – disse Caio.

Terminadas as formalidades e depoimentos, era hora de voltar para casa. Os garotos precisavam de uma boa noite de sono, depois de tudo por que tinham passado, embora estivessem tão excitados que, com certeza, teriam dificuldade para dormir.

Caio e a mãe ainda precisavam ficar mais um pouco, porque ela, embora estivesse oficialmente de folga, tinha outras providên-

O ROUBO DO PUNHAL SAGRADO

cias a tomar, inclusive conversar com a imprensa. Tinha sido bem-sucedida em um caso de inesperada importância, envolvendo pessoas ilustres e conhecidas, e, portanto, virara notícia. Quem não ia gostar era o detetive Brito, o "Terror das Velhinhas"...

Ao se despedirem, na saída, os pais, numa decisão conjunta, praticamente arrancaram da turma a promessa solene de que nunca mais iriam se meter em semelhante confusão. É claro que todos prometeram, com a melhor cara de anjinho que puderam arranjar. Com auréolas e asinhas, teriam ficado perfeitos.

Somente quem estivesse atrás deles poderia perceber que todos, com as mãos às costas, tinham os dedos cruzados.